醫生札記

梓翔 著

醫生札記
作者／梓翔
總編輯／馬鎮梅
責任編輯／羅錫為　劉式湄
美術設計／黃漢威
出版發行／突破出版社
香港沙田亞公角山路33號突破青年村
電話：2632 0000　傳真：2632 0388
電郵：breakthrough@breakthrough.org.hk
網址：http://www.breakthrough.org.hk
http://www.btproduct.com
承印／新世紀印刷實業有限公司
1980年4月初版1刷
1991年初版12刷
1992年3月2版1刷
2021年11月2版20刷

Meeting Life and Death
by Zi Xiang
First Printing, First Edition, April 1980
Twelfth Printing, First Edition, 1991
First Printing, Second Edition, March 1992
Twentieth Printing, Second Edition, November 2021

Printed in Hong Kong
ISBN 978-962-8791-12-5

本書採用環保油墨印刷

心　靈　地　圖

關懷、連繫、復和、

溝通、對話……

凝視心之脈動，

直到重新尋獲自己的心。

目錄

再版自序

《醫生札記》其實是為《突破》雜誌撰寫的專欄，寫的時候沒料到後來會輯而成書，賣了十多版，更沒料到還僥倖入選「中學生好書龍虎榜」。這意外的收穫，給我無法言喻的欣悅和鼓舞，而讀者熱烈的支持，更教我既慚愧又感動。

記得念醫科的時候，很着迷黑澤明的電影，其中一齣《赤鬚子》給我很深刻的印象。故事是講述日本古時一個長滿赤色鬚子的大國手行醫濟世的事蹟。他仁心仁術，照顧貧苦的病人，深得他們愛戴。跟他習醫的一個剛畢業的青年醫生，起初頗不能容忍那羣低下層的病人，但與他們相處的日子久了，漸漸了解各人背後的辛酸，後來他竟放棄御醫的高尚職位，甘願留下來與赤鬚子一起照顧他們。其中描述醫生與病人的關係，十分動人。

二十世紀是知識爆炸的年代，科技一日千里，醫學也隨着科技的發達，更多倚賴儀器，注重專門分科。用作檢查的儀器，固然給予醫生在診斷上莫大的幫助，但卻於無形之中，佔據了不少醫生在病人心中的位置，以致病人相信儀器多於相信醫生。再者，病人亦經常接受分門別類的治療，如心臟科醫生專治心臟，腦科醫生專理腦神經問題，腎科醫生只理腎臟頑疾……如此，醫生與病人的關係往往是分割的，甚至是疏離的；醫生認識病人，只靠病牀的號碼，而病人甚至不知道誰是他的主診醫生。以前的那種信任、關切的關係，不常復見。

其實這種「疏離」現象，也正是現代城市人的通病，每天擦身而過的人互不招呼，相近鄰居互不相識，親友鮮有交往，甚至家裏的人也不溝通，各人都活在自己的世界裏。如 Simon and Garfunkel 唱的，人們説話卻不溝通，唱歌也不和應，到處都是“Sound of Silence”。

年前亦曾以此為題給「赤道」樂隊填寫過一首〈無言者〉，道出城市人的疏離感。「繁鬧市百萬人擦身過，未會想路過者有故事」；當發現「講的不是心內熱誠話而只有虛假」的時候，人便寧可不説話，做個「無言者」——「假裝説話，寧莫説話」。

寫《醫生札記》的時候，除了想探討一下生、老、病、死外，亦試圖除下醫生冷冰冰的職業面孔，以真摯的心靈，接觸那些在痛苦中不幸的人。相信藉着同情、關懷和體諒——人性中的一些珍貴情操——定能突破隔開人與人之間的牆垣，去掉疏離。這是我撰寫《醫生札記》時的一點信念。

梓翔

一九九一年十月二十七日

人生中最重要的是熱愛生命，尤其當生命正在受着痛苦煎熬的當兒，因為神是生命，愛生命就是愛神。

最想活的一刻

是中秋節的晚上，家家戶戶都鬧烘烘的慶團圓，我碰巧當值，獨個兒在醫院過中秋。這樣冷清地過節倒也不是第一次，幾年前還是實習醫生的時候，中秋節、聖誕前夕、大年初一都是這樣度過的。

剛接到一個病人進院的電話，便從宿舍溜了出來。天空萬里無雲，月亮清麗皎潔，掛在天的中央。看看手錶，已十一時過後。醫院萬盞亮燈，昏黃柔和，好美，和天邊點點繁星，互相輝映。

踏進病房，就發現了一張好熟悉的臉。我們彼此呆住了好一陣子，還是我先認出來。「啊！是你？強！」我意外得叫出來。

真的很久沒見過強。自從預科畢業後，各奔前程，我進了港大念醫科，強出來社會做事，之後就鮮有來往。一別便是八年了，真快。一起打籃球、採標本、宰老鼠的日子，記憶猶新，恍如昨日。沒想到他現在竟成了我的病人。

「你怎麼了？哪裏不舒服？」我問。「近月來常常頭痛、嘔吐，這星期每天都吐幾次。今晚頭痛得厲害，才進院來。」

「有沒有覺得反胃才吐？」

「沒有，要吐就吐，不像平常反胃嘔吐的樣子。」

頭痛本來十分普通，但加上這樣的嘔吐，就有點不大尋常了。

「看東西會見到雙重疊影嗎？」

他倒沒有。經過詳細檢查後，發現他左腳膝蓋神經反射有點不正常，眼底（fundi）也起了輕微變化。我懷疑他的大腦出現了問題。

「強，沒要緊的，給你頭痛丸，好好的睡一覺吧！」在病情未被證實前，這是我能給予病人的安慰。

離開了病房，返回宿舍，月仍高懸，星星也在閃耀，我卻失卻了那份欣賞的心情。深深的舒了口氣，心裏洋溢老友久別重逢那份意外的喜悅，卻同時無法壓抑對他病情的憂慮。臥在牀上，久久未能成眠。我第一次期望自己的診斷是錯誤的。

▼ ▼ ▼

拿起頭顱骨的 X 光片，心裏盼望着不會有不正常的發現。可是，天！頭顱頂處卻發現正有異樣的鈣化！我的心直往下沉。

「強，今天覺得怎樣？」我站在他的牀沿問。

「吃了藥，好多了。今早起來，頭痛減輕了許多。你真棒，早遇上你就好啦！」他咧嘴而笑，打趣的說。在他眼中，我還是那個二十歲不到，和他一起游泳、打球，甚至一起翻筋斗的梓翔。

「下午，你要做腦電圖的測驗。」我一本正經的說。

「我有什麼事嗎？」他收斂了笑靨。「我還以為下午就出院嘛！」

「既進來了，就檢查清楚才走吧！」

「你懷疑我患了什麼病？」他追問，顯得非常敏感。

「我未敢肯定，查驗清楚後再説。」

「不，你得先告訴我。」他執拗的説。

還是那張倔強的嘴臉。記得以前他和我為數理問題爭持得各不相讓的時候，那嘴臉和現在的沒兩樣。

「哈，『蠻強』即是『蠻強』，昔日蠻風猶在。」

我們都笑了起來。

「知道結果後，一定會告訴你的，何必心急。」我掩飾了內心那份憂慮。

腦電圖顯示右後腦的地方，散發出不正常的電波。我們一組的醫生經過商量後，便特別為他安排做腦血管的 X 光檢查（cerebral angiogram）。結果證實了我的診斷，他患了腦腫瘤。

▼ ▼ ▼

今日當值，五時後還要留在醫院。這兩天一直在盤算如何把事實告訴強。無論如何今天一定要和他來一次詳談。

夕陽本來就很美，秋天的夕陽顯得更柔美，卻帶着涼涼的淒意。我和強並肩走在醫院外的草地上；他不單是我的病人，更是我的朋友。

「強，你進院近一星期了，一直都沒有機會和你好好的談談彼此別後的情況。」其實這幾天，我自已避着他，怕他追問病情。「聽說你還再考了一次港大，是嗎？」

「港大入學試成績未如理想，入不到醫科，不死心，再考一次，誰知還是一樣的成績。」

「為什麼那時不試考中大或報讀其他學科？」

「你也知道我是醉心念醫的，所以我決定嘗試第二次是孤注一擲。故此專心一意，不作他想。不過考試真的很難說。之後，壯志消沉，就出來找事做。在銀行裏一耽就是六、七年。」

我想起了以前的強，那個活力十足、樂觀、有理想、好逞強、又倔強的強。還記得那次我們鬥臂力，他左右手都輸了給我，滿臉的不服氣。之後，他竟然跑去買了個練臂力的彈簧，苦練了整整一個月再來向我挑戰，結果他發出了勝利的微笑。

現在不但看不到勝利的微笑，眼裏也找不到那倔強的眼神。

「還沒有結婚？」我轉了話題。

「沒有。」

「為什麼？以你的人才，只要你開口，哪個女孩子不附上來。」我俏皮的說。

「算了，」他歎了口氣。「前年跟女朋友分了手。」語氣帶着唏噓。

我意味到那是對付出了的感情的懷緬。

「認識了很久的嗎？」

「三年了。」他幽幽地歎了口氣，眼睛垂下來望着地面。強畢竟是個感情豐富的人。

我們沉默了良久。

「這幾年活得也夠糊塗。毫無上進心，也沒有幹勁。生活只是無聊，上班、下班、睡覺、找人聊天飲酒，看戲逛街，已經很久沒有真真正正的開心過了。」

他依舊低垂着頭，我雖然看不到他的眼睛，卻深深的感到那份無奈。

「有時想，生活真不知道是為了什麼？」他低聲說。

我心裏很不是味道，這個不該是我認識的強。是失敗挫折了他的鋭氣？是現實幻滅了他的理想？

我們一塊兒坐在石凳上，望着地上開始枯黃的草。我內心起伏，盤算着要不要告訴他那殘忍的事實。

「強，你的病症檢查已經有了結果。」

他沒有作聲，兩眼向我直視，像犯人在聆聽宣判。

「你極可能腦部生了腫瘤，至於是良性還是惡性，我們還未能斷定，要動手術取出腫瘤時才能確定。不過照我們推斷，良性的可能性較大。」我極力安慰他。

他的眼睛瞪得好大，整個人呆住了，像被人猛力地刺了一下，措手不及。

「真的嗎？肯定了嗎？」

我為難的點着頭。

過了好一陣子，「翔，那……手術的機會怎樣？」他的聲音壓得低沉。

「那得視乎是良性抑或惡性。若是良性，康復的機會甚大。若是惡性，就……很難說了。」

他點着頭，像明白了我的意思。

「也就是說，我可能活不到幾個月了。」他搖着頭，一臉的茫然。「手術是很危險的嗎？」

「嗯，腦部手術是大手術，不過你放心，我自然會找最好的腦外科醫生替你動手術。」

他閉上雙目，深深的吸了口氣，默不作聲，臉上的肌肉緊張得幾乎在跳動。

好一會，他張開眼睛，望着那遠遠將要沉下去的夕陽，說：

「這是我一生中最想活的一刻。」

▼ ▼ ▼

第二天，他就轉到腦科病房裏去。腦科主任和我們商量後，認為腫瘤不像從其他器官腫瘤蔓延過來的。所以若是良性的話，手術成功的機會甚大，因為腦血管 X 光片顯示腫瘤不太大，不過手術後殘廢的機會是有的。

▼ ▼ ▼

動手術那天，我心裏忐忑不安。未等手術完畢，便溜進手術室看個究竟。謝天謝地！是個腦膜腫瘤，一種良性腫瘤。腫瘤也非位於腦的重要部分。相信割除後對身體不會有太大的影響。

幾天後，強已經能起身走動。除了行動有些不便外，一切都算正常。

兩星期後，他被轉送到療養院進行康復治療。康復期間他寫了一封信給我。

翔：

這次突如其來的遭遇使我對生命有不少的領悟。

我們常不曉得珍惜已擁有的東西，只在將要失去的時候，才懂得它的價值。前幾年我的生活放任、隨便、漫不經心，以為有的是無窮的歲月。當我知道生命可能就快完結的時候，才猛然醒悟過來。

我最初看見你做醫生的時候，心裏很不是味道，畢竟你做了我渴想要做的事。後來我明白，生命是多方面的，為什麼硬要為了一個達不到的理想而自怨自艾呢？生命要多方面的進取，要成功便得奮鬥。

這些年來都沒有好好的看過書，現在十分空閒，每天起碼閱讀六、七小時。醫生大人，沒打緊的罷？剛看完托爾斯泰的《戰爭與和平》，抄下一段與你分享：

「人生中最重要的是熱愛生命，尤其當生命正在受着痛苦煎熬的當兒，因為神是生命，愛生命就是愛神。」

我漸漸感到生命的源頭湧進我的生命，給了我新的力量和啟迪。

謝謝你幾個星期來的照顧！

強

在他們的字彙中沒有「絕望」。

更美的家鄉

外面的雨下得真大，狠狠的打在病房窗子的玻璃上。我呆呆的站在一張空着的病牀前，凝思昨晚躺在這病牀上的女孩死去時那深深感動我的一刻。

五天前的一個早上……

「我的頭好痛哇！」她抱着頭，淚水不停的淌着。她叫明慧，才十二歲，長得不算很美麗，卻是標致：淡淡的眉毛、兩個梨渦、長髮披肩，惹人喜愛。

她母親坐在牀沿，握着女兒的手，用心的告訴我她女兒的病歷。

「她昨天發高燒，體溫升至一百零五度，一直在喊頭痛，還嘔了好幾遍，把吃過的東西都吐出來。今天早上我們發覺她有點神智不清，好像認不得我們似的。我們覺得不對勁，便把她送進醫院來。」

她講述病歷精簡扼要，沒有多餘的話。我不禁抬起頭來，看看這個女人。

她四十來歲，雖然眉宇間露出憂戚，但仍是一副和藹慈祥的樣子。從她的談吐舉止看得出是個有好教養的人。

父親也是四、五十歲模樣，站在牀邊，滿臉愁容。「醫生，她平日健康很好，連傷風感冒也甚少的。」父親説。

經過檢查後，發覺事態嚴重。初步懷疑是腦部有問題，要化驗腦脊髓液體，才能確定是什麼毛病。

他倆心急地在病房門外等待着。

腦脊髓液體化驗結果顯示她極可能染上腦炎。腦電圖的結果也是一樣。診斷沒錯，是急性腦炎。

急性腦炎異於腦膜炎，大多數是過濾性細菌感染引起的，康復的機會很難預測。病情輕微的可以幾天內就完全復原，嚴重的可能引致終身殘廢，甚至死亡。最可惜的是，還沒有什麼特別有效的藥物可以應用。病人能否痊癒，就要視乎個別情形了。

女孩病情急轉直下，下午就完全昏迷了。除了給她甘露醇輸注（mannitol infusion）去幫助消除腦部腫脹外，我們真是束手無策。對於她的病，我們一點都不敢看好。

當我把事實告訴她父母的時候，心裏委實為難。要他們接受這麼突然的打擊，確不容易。而我們當醫生的，竟然對他們女兒的疾病一點辦法都沒有，又怎能沒有一股無奈的歉意。

母親哭得好傷心。父親泣不成聲，眼鏡也遮不住那奪眶而出的淚水。好一會，還是父親開腔。

「醫生，她是我們惟一的女兒，我們自幼就很疼她。請你幫忙，盡人事，救……救……她。」他哽咽着說不下去。

我還能說什麼呢？他們把最疼愛的女兒的生命交在我手裏。「一定盡力而為。」我說。心底裏卻知道她康復的機會不大。

▼　▼　▼

駕着車子回家時，心裏很不是味道。記得初進醫學院的時候，雖然沒有一股強烈濟世為懷的心腸，倒仍希望能帶給在痛苦中的病人一點幫助。在學期間，漸漸發現我們所知的是那麼有限，對於不少病症，還是沒有根治的辦法。過去幾年的行醫生涯，更教我深深的感受到人的有限，生命與死亡都不是在人的掌握之中。驀地想起幾個月前去世的小威（我很疼愛的一個患了血癌的五歲孩子），頓覺心頭一陣納悶，猛地踩踏油門，疾駛而去。

明慧給搬進一間單人病房，因為她需要特別料理，同時也避免影響其他病童的心理。父母晝夜佇守在側，顯得十分疲憊。

第二天，女孩仍然昏迷，沒有半點起色。她的右手靜脈注入鹽水，鼻孔插着胃管，尿道插着尿喉，雙眼不能合攏，要蓋上護眼罩。下午，心臟休克。經過幾分鐘的心臟按摩和人工呼吸急救，心臟恢復跳動，卻要機器幫忙維持呼吸。我們都知道，她離死亡又接近一步了。

該晚是我當值。晚上十時左右，經過病房，聽到一陣微弱的歌聲，是一首熟悉的聖詩調子——〈安穩在耶穌手中〉。我駐足女孩病房的門前，看見女孩的母親坐在牀邊的椅子上，伏在女孩耳邊哼着歌，是兩天沒睡的沙啞聲音，斷斷續續，反復低吟。她並沒有注意到我。我站立良久，動了憐憫之情，也感到與她心靈裏的相通。

她抬起頭，看見我。

「我想聽聽歌她會舒服一點的。她平日蠻喜歡唱歌呢。」她說。

我想告訴她孩子現在是聽不到的，卻把話吞進肚裏。何必呢？也許有點音樂在腦裏盤旋着真的會令她舒服些吧！最低限度，唱詩歌對這憂傷的媽媽是一種安慰。

「你們都是基督徒？」我問。

「是。」她肯定的點着頭。

「我也是。」

「那多好。」

我們談着孩子的事。她告訴我孩子的過往 —— 好乖的孩子、聰明伶俐，勤奮用功。孩子在父母眼中都是那麼完美。她說最重要的是她已經相信耶穌基督。

「起初，我們簡直不能相信，這樣可怕的厄運竟會臨到孩子身上。這突如其來的打擊幾乎使我們崩潰了。後來，我們一起禱告，才在神面前接受這個事實。賞賜的是神，收取的也是神，祂是我們的主。」她望着孩子灰白的臉，心裏必是一陣絞痛。

「祂一定有祂美好的旨意。」我說。

「是的，我們也想到神要從亞伯拉罕手中取去以撒的事*。或許，祂只不過要考驗一下我們的信心。……就算她真的去了，也只不過要到一個更美的家鄉。」

我驚訝這個婦人的信心。

第三天下午，雖然孩子的心臟還在跳動，但瞳孔卻是一點反應都沒有。我懷疑她可能已經死了，便作個腦電圖檢查，看看有沒有腦細胞活動。結果除了後腦有些微活動外，其他部分都全無反應。父母眼裏重現希望，但我心底裏知道這希望其實是幾近幻想的了。

這對夫婦委實令人欽佩。在他們的字彙中沒有「絕望」。在他們極需別人安慰的當兒，卻還關懷別人。我的同事李醫生和他們談起孩子的時候，他們竟和他說到人生問題來。李醫生深受感動。怨天尤人或悲痛欲絕的父母，他倒見過不少，卻沒想到竟有這麼達觀的父母。他們談到永恆、基督的死與復活，和人類的將來。他告訴我：「你們基督徒真了不起。」

第四天晚上，下着毛毛細雨。病房一片寂靜，只有人工呼吸機器「呼、呼」的聲響。突然護士跑來告訴我，孩子的心臟停止跳動了。我急忙跑進病房，使勁為她作心臟按摩，也給她注射強心針。十分鐘過去了，心電圖還是一條直線，再打強心針、按摩……還是一條直線。我知道完了，步出房門，向父母搖了搖頭。

他們眼睛潤濕，卻沒有哭。

「醫生，可以進來和我們一同禱告嗎？」父親說。

我感到有點意外，點點頭，和他們一起進去。

夫婦倆跪在孩子的身旁，靜默了好一會兒。（現在連那「呼、呼」的聲響都沒有了，好寧靜，好安詳。）父親禱告說：

「天父，我們感謝祢。祢給了明慧十二年的歲月，讓她享受到祢所賜一切的豐盛。更感謝祢的是，她已認識祢是創造的主宰，也是她生命的主。現在她雖然已經離開我們，卻要到一個更美的家鄉。我們雖然疼愛她，祢卻比我們更疼愛她，因為她是祢的女兒。我們將她的靈魂交在祢的手裏……」

我默然佇立，良久。

* 這是《舊約．聖經》記載的事蹟。神為要考驗以色列人的祖宗亞伯拉罕的信心，要他把年老才得的嫡子以撒奉獻為祭。亞伯拉罕照神的吩咐，帶兒子到祭壇去，結果神另外預備了一隻羔羊為祭物，代替以撒。

最重要的還是要對生活的態度有所改變，對事情不要過分緊張，暫時放棄繁重的工作，最好是多做一點運動。

醫生，我失眠！

今天晚上下雨，門診顯得頗為清閒，只有五、六十名病人。十之八、九都是傷風、感冒、咳嗽……看看錶，時間尚早，伸了個懶腰。

最後進來的是個十八歲的青年，個子高高，身材瘦削，鼻樑架着副黑邊眼鏡。

「醫生，我失眠。」他直截了當的説。

「哦！為什麼失眠？」他年紀輕輕，怎會失眠？

「我也不知道，已有好幾個月了。」

「沒有受過刺激吧？有什麼煩惱沒有？」我心想，會不會是和女朋友鬧翻了？

他料不到我有此一問，感到有點訝異，「沒有。」他搖頭。

「請把病情詳細告訴我。」

「半年前，我開始覺得身體容易疲倦，精神有點恍惚，沒有記性，胃口也不大好。以前曾有過胃病，現在間有發作。近來終日精神緊張，晚上又睡得不好，總是遲遲未能入睡。」

我察覺他並不安寧，兩手不停地搓着或擦在牛仔褲上，那雙時髦的運動鞋也不時擦出「吱、吱」的聲響。

「你讀書還是做事？」我想明瞭一下他的背景，以找出他精神緊張的原因。

「又讀書，又做事。」

「哦 !? 」

「白天在一家出入口商行做事，晚上念書。」

我一向對本地青年有一份好感，儘管人人罵他們失落、無知、沒有理想；然而仍有不少是勤奮、努力，和肯吃苦的。當我拖着疲乏的身軀下班時，看見一羣羣像我一樣疲乏的工人，卻挽着書包上夜校去，就不期然欽佩他們那份學習的志氣。

「去年中學會考成績未如理想，便出來社會闖闖，晚上讀書，準備今年重考。」他漸漸像和朋友般聊起來。

「那一定很辛苦啦。」

「是的，五點放工，便匆匆回家吃飯。七點半上學，十點放學，回家時已累得不願動，還要做功課呢！」開了話匣，他滔滔不絕，想平日可能是沒有傾訴的對象了。

「那怎行？周末有沒有消遣和活動？」

「通常只是溫習功課和看電視，然後好好睡一覺。」他頓了頓，「舊日的同學甚少見面，而在寫字樓、夜學卻很難找到朋友。所以要玩也沒有伴。」

我就是喜歡他的率直。

「家裏有什麼人？」我像在查家宅。不過，要幫助他，就得明瞭他的背景。

「只有媽媽和姊姊，哥哥已經結婚，搬出去了。」

護士開門探頭進來，我才醒覺我們已談了很久。

「姑娘，外面還有病人嗎？」我問。

「沒有。」她關上門。

「捲起衣袖，給你量量血壓。」我說。

他的血壓、脈搏、心臟都很正常，也沒有甲狀腺病的徵象。他在整理衣服的時候，我對他說：

「你的身體沒有什麼問題，只是長期精神緊張造成的身體不適罷了。」

「那嚴重嗎？」

「不要擔心，只要你調整一下你的生活，精神便可慢慢恢復。你實在缺乏適當的休息。」

「其實，我每天都有七、八小時的睡眠，只是睡得不好。」他好像有點不服氣。

「睡眠固然重要，然而睡眠不一定能令精神舒暢。試想，你每天上班、上學，都是用腦力的，身體一點活動都沒有，這樣是極不平衡的。

鬆弛神經的有效方法，是運動嘛！」

他點點頭。

「我們極不主張神經緊張或神經衰弱的病人放棄工作，終日無所事事，這只會叫他們胡思亂想，也不會得到精神上的休息。最重要的還是病人的生活態度改變，對事情不要過分緊張，暫時放棄繁重的工作。最好是多做一點運動。」

他聽得用心，我也講得起勁。

「説來好像容易，做起來卻難。要一個人改變他的生活態度和習慣，談何容易！」

「那我該怎麼辦？」他顯得有點不知如何是好。

「每個人都有他自己的生活，也有他不同的問題。適當的調整，彈性相當大，必須由他自己決定。我只能給你一些原則罷了。」

「你認為我應該參加會考嗎？」

「這個真難説，要看你對這考試看得有多重。現在距離會考還有幾個月，準備還來得及。不過，我提議你放棄日間的工作，你決不能這樣捱下去的。」

「我本來準備四月辭職的。不過……」他好像在重新考慮。「至於運動，以前在學校，我喜歡打乒乓球和籃球。現在沒有機會玩了。」看他個子高高，也像個籃球好手。

「你不妨主動一些，約以前的同學出來玩；打乒乓球只要兩個人，倒也不難吧。」我鼓勵他。

「其實也不成問題，只是這些日子實在太忙，沒有嘗試罷了。」他嘴邊綻出笑容。

說完了，我在藥方上寫了一些鎮靜劑和胃藥。

「藥物雖有幫助，仍要靠你自己的呀！」

他還是坐着，捨不得起來。

「醫生，家裏的人都說我沒有病，自己大驚小怪，只有你明白我，替我分析得那麼詳細。」他感激得有點激動。

「哪裏的話。」我說。

「花了你很多時間，謝謝！」

他拿起藥方走出診症室。

和快要死的孩子談死亡，心裏好難受，我告訴他死就像睡覺一樣，要緊的是⋯⋯

小流氓

在兒童病房裏，坤仔算是大阿哥。他今年十一歲，兩道濃濃的眉毛，細細的眼，微翹的下巴，嘴角不時的向下歪，教人第一眼就覺得他長大了不會是個善男信女。

他自幼便失去父母，是外婆把他帶大的。兩婆孫早年還住樓梯底，最近才搬進木屋居住。外婆擺個小攤子，一貧如洗，卻是疼這個外孫疼得要命。他念四年級，不高興便不上學，到處遊蕩，外婆也管不了他。他十分放肆，什麼粗話都會說。

他剛進醫院的時候，可真給我們添了不少麻煩。

先是他的粗話。他的三字經琅琅上口，要我們常常喝止。但他說得那末流利，不假思索，真沒他辦法。

他想出來的搗蛋主意，可真厲害。有一個三歲的小病人，患上腎炎，每天都要保留小便，放在個玻璃盛載器裏。他居然把這小孩的小便倒給他喝，氣得護士長七竅生煙，罰他面壁思過。他歪下嘴角，站了一個鐘頭，毫無悔意。

有一次要給他打針，他大發脾氣，怎也不肯就範。

「我不要打針，快給我滾！」他剛變聲的嗓子給喊破了。

他拚命拉着褲子，怎也不肯脫下給護士打針。結果出動三位護士、一位阿嬸，一個按手，兩個按腳，一個解下他的褲子，迅速地往他屁股猛刺一下。他瘋也似的掙着手腳，破口大罵。

「媽的，我會認住你們的，改天一人插一刀。」嚇得那個按着手的見習護士手一鬆，給他彈坐了起來。

全病房的病童都怕他，只有一個叫琳玲的女孩子不怕他。她年齡與他相若，比他早進院一個多月，患的是風濕性關節炎。普通的消炎藥物不見效用，要服一種叫強的松（prednisone）的特效藥才奏效。吃得她臃臃腫腫，圓圓臉，兩邊胖嘟嘟的面頰兒引得人想擰她一把，體重達一百五十磅，常常給坤仔諢稱「肥妹頭」。

「肥妹頭」對這稱呼也不介意，但對他的所作所為卻看不過眼，常常告發他的壞勾當，所以坤仔也忌她三分。

坤仔對我倒有幾分敬畏，因為我常恐嚇他，若再搗蛋，定必給他打針。他最怕打針，只好依從我。

一天晚上，我巡房的時候，琳玲正幫助護士給小孩量溫度、餵奶，就像個小護士。坤仔卻獨自站在落地玻璃窗前，悶聲不響。

「喂，坤仔，怎麼不來幫幫忙？」我說。

他還是站在那裏，一點反應都沒有。

琳玲溜過來告訴我：「剛才他和明仔在浴室玩水，我去告訴姑娘。他捱了罵，在發脾氣呀！」

我站到他身邊，默不作聲，看看他的反應。

他轉身，走到琳玲那裏，狠狠的在她臉上擰了一大把。

「肥妹頭，關你屁事！」

哇的一聲，琳玲放聲大哭。

我嚴厲的責罵了他一頓。他只是大被蒙頭，躺在牀上，一動不動。

▼ ▼ ▼

過了個多月，坤仔已熟習了病房的習慣和規矩，倒沒有像初來時那般喜歡滋事生非，粗話也漸漸減少了。不過，他卻變得十分孤獨，除了吵架，平日不大説話，喜歡獨個兒悶坐。只有琳玲比較能夠接近他，因他倆喜歡吵嘴。

每星期五的下午，醫院都有兒童佈道會，由一羣熱心的護士主領，內容有唱詩歌、背誦金句、講《聖經》故事。琳玲經常參加，坤仔也給她拉去參加了好幾趟。

今天是星期五，我一進病房，便聽見琳玲領着幾個孩子在朗誦：「耶穌説：『我就是道路、真理、生命。』『信我的人，雖然死了，也必復活。』」

「琳玲，今天是朗誦比賽嗎？」我問。

「不，是背金句比賽，所以先把經節背熟。」

「咦，坤仔，怎麼你不來念？」我看見他獨個兒坐在牀上。

「沒意思，得到冠軍不過是拿張金句卡。」他滿不在乎的說。

他每次都參加兒童佈道會。

▼ ▼ ▼

琳玲出院了。她是全病房的寵兒，對每個都說聲「再見」，送這個自畫的畫，送那個自製的手工，人人都有紀念品。護士都捨不得她。

坤仔站在一角，一聲不響，看得出他捨不得她離去。

琳玲和他話別的時候，他找不到話說，只道了聲「再見」。

以後，連吵嘴的對象都沒有了，他便更為沉默。

坤仔患的是血癌，而且是較為嚴重的一種。進了醫院，恐怕沒有出院的機會了。

▼ ▼ ▼

他進院已有四個多月，病情開始惡化，血癌細胞開始不受控制，肝和脾臟都發大了，藥物顯然已失去效用。他精神欠佳，整天躺在牀上。

晚上當值，趁空閒的時間，我溜進病房來看坤仔，全病房的病童都已睡覺，只他獨個兒躺着看電視。病房很安靜，電視的聲浪也放得很低。

「坤仔，怎麼還沒睡？」

「睡不着。」

「是什麼電視節目？」

「《神威七虎將》。」他最喜歡看警匪片集。

我坐到他牀上，和他一起看電視。

畫面是一對犯了謀殺罪的青年男女，為逃避警方，潛上雪山，雙雙吞槍自盡。好淒厲一幅血染雪山紅的畫面。

「醫生，人死了會到哪裏去？」他幽幽的問。

我冷不防他有此一問。「你怎麼會問起這個來？」

他沒説話，盯着電視機。過了一陣子，他說：「前天，廿六號牀的明仔死了。」

通常病人死的時候，我們會用布帳把病牀圍起來，不讓其他人看見。

「你怎麼知道？」

「我從布帳的罅縫看到的。他給白布蓋着，動也沒動。」明仔患的也是血癌，每星期總有兩天和他一起到化驗室驗血。雖然我們沒有告訴他們患的是什麼病，然而明仔的死，不難使他意味到一些什麼似的。

「死的時候痛苦嗎？」我從他的眼神中看見一抹恐懼的陰影。

我對着這個孩子，舌頭竟打了結，一時說不出話來。和快要死的孩子談死亡，心裏好難受，我告訴他死就像睡覺一樣，要緊的是心裏滿有信心，就必進入快樂的夢鄉。

他沒有答話，像在凝思。

熒光幕出現七個人一字的排列，完場了。

「前天琳玲來過，她說耶穌會賜人新的生命。但……醫生……我信心不足，你可以幫助我禱告嗎？」

我重重的點頭，和他一起禱告。

他的病情日漸嚴重。最後一次看見他是入冬的一個下午。他已陷入半昏迷狀態。我走近他的病牀，看見一副高聳的顴骨，乾裂的嘴唇，凹陷的雙目，聽見低沉的呻吟聲。他竭力睜開了眼，看着我。

「坤仔，認得我是誰？」

他有氣無力的說了聲「醫生」，又把眼睛合攏起來。

「你要喝些什麼？」我說。

「七喜。」他吃力的說。

我把擺在牀頭的一杯汽水，送到他嘴邊。他好辛苦才呷了一口，又迷迷糊糊睡過去，嘴不停在動，我聽不到他說些什麼，像在喊媽媽。

護士剛好進來給他打針。他動也沒動，就像沒有感覺一樣。

我腦海裏盤旋着給他打針、抽血、打鹽水針、抽骨髓、抽腦脊髓的情形。還記得前星期，因為他的皮下靜脈全部都用光了，我只有剃去他本來已經因藥物而稀疏的頭髮，在頭皮下去找血管，刺得他呼呼叫痛。踏出病房，我近乎自嘲的對自己說：「為什麼要他受這麼多額外的痛苦呢？為什麼不讓他早日脱離這些痛苦呢？」

第二天，我知道他死了。

人並不都能擁有世界所有的東西。有財富的不一定健康，健康的不一定有學問，有學問不一定快樂。我們都分到了不同的一份。只要充分享用自己所擁有的，生命便滿足和快樂了。

一輩子的軛

我走進醫院餐廳，便聽見有人在喊我。

「嗨，醫生，真巧，來吃早餐的吧？」

回頭看見一個穿着白色病人衣服的男孩子，半晌才把他認出來。

「咦，是你，沈子銘。」

他是我三、四年前的病人，患的是血友病（haemophilia）。那時他常常進院，所以和我十分熟稔。後來他轉到內科，就甚少見面。算起來，他現在該十五、六歲了。

我坐到他的桌子，叫了杯熱鮮奶和一客蛋三文治。

「差點兒認不出來，長得那麼高了。」想起幾年前他還不到我肩膊，現在卻幾乎長得和我一般的高了。上唇還長出嫩嫩的髭毛。

「醫生還是在以前的病房工作嗎？」

「嗯。又是入院輸血清來的嗎？」我問。

「可不是！每月準有兩、三個星期住院的。」

「唷，記得以前也沒這頻密的呀！」

「不知怎的，關節好容易腫脹。出院幾天，又來一次腫脹。是不是因為關節出血所以腫脹呢？」

「嗯。」

「唉，我算過了，去年起碼有八、九個月是住進醫院來的。」他歎了口氣，手攪拌着檸檬茶，眸子凝視杯裏團團轉的水渦。

「怎麼這樣逍遙，可以下來餐廳歎茶？」我轉了話題。病人平日是不准隨便離開病房到餐廳的。

「今天是我的牛一，Sister 網開一面囉。其實我和她們那麼熟，也無所謂啦！」

「她們有沒有給你慶祝？」

「她們説請我 tea，但我寧願下來逛逛。」

記得幾年前，他在病房真是個好幫手。那時我還是個實習醫生，工作忙得不可開交。他是我的隨身小助手。我要和小孩抽血、打鹽水針，他就替我按着他們；我填寫好的表格，就交給他替我摺疊。瑣瑣碎碎的事，他都勝任愉快，賺了我不知多少杯奶茶。我稱他為我一手訓練出來的實習醫生副手。

「還有沒有在病房幫忙工作？」

「有，量溫度啦、量血壓啦、填表格啦，一腳踢。」

他自兩歲便和病房結下了不解之緣。十多年的病房生涯使他對病房的日常工作十分熟悉，甚至比一些初出道的見習護士更內行。

我們吃着早餐，我覺得他的眼神有點異樣。

「醫生，血友病是治不好的嗎？」

我現在雖不是他的主診醫生，也不能胡亂告訴他什麼。

「血友病是血分中缺少了一種凝固的因素，所以容易出血，輸入正常人的血清便能幫助止血。」

「這因素是 Factor VIII 嘛！」

他在求知慾強的年紀，必想明瞭自身疾病的究竟。

「是從閱讀得知的嗎？」

「我翻過不少醫學讀物。」

「哦？」

「我明白血友病是遺傳得來的，只影響男性。我和大哥都患上了這種病，弟弟卻得倖免。不過，為什麼爸爸卻沒事？」

「是你母親而不是父親的染色體有問題。」我知道我不能哄他。

他的目光又落在那杯被他攪動過的檸檬茶。

「我也明白我活不到二十歲。」他沮喪的說，震顫的聲音近乎哭泣。可能是生日觸動了他的感慨。

「傻孩子，你看的一定是舊版書。以前也許是這樣，現在有血清的幫助，活到幾十歲的大有人在呢。」我安慰他。

「要是可以活下去，也會把這病傳給後代的。」

他想得真多，真長遠。

他喝了最後一口的檸檬茶。

為了打破僵局，我説：

「你可知道英國皇族血統裏也有血友病的遺傳嗎？然而不少皇室貴族還是得倖免了呢！」

他勉強的彎了彎嘴角，我不知道那是不是笑。

他已經不是那個天真爛漫的孩子了。

▼　▼　▼

譚醫生是我的好友，在內科工作，我們常一起吃午飯。

「最近可真忙透了。病房擠着一百幾十個病人，天氣又悶又熱，空氣混濁得使人作嘔。」他一邊吃飯，一邊訴苦。

「加開的帆布牀又放到門口了嗎？」我笑説。

「可不是！」

突然他的傳呼機響起來，他忙去應電話。頃刻，跑回來，匆忙嚥下最後的兩口飯，煩躁的説：

「真氣人，那血友病的小鬼竟然在房打起架來，流血不止。」

「哦！是沈子銘嗎？」我猜説。血友病人並不多。

「你認識他？」

「幾年前他曾經是我的病人。前天才碰見他。」

「他的血凝固愈來愈成問題，極可能是開始對血清產生了抗體。也曾再三叮囑他切勿亂跑亂撞啦，怎地還打起架來？真給他氣壞！」

他沒説完，便起身返回病房。

▼ ▼ ▼

整個下午都忙得透不過氣，下班後才有空去探望以前的「小副手」。

他躺在牀上，繃帶纏着腫脹的兩膝，手臂、胸前一塊瘀，一塊紅，左手靜脈輸入血清，右手纏着繃帶。

我看見他的模樣，心頭一陣鬱悶。

他是年輕人，卻沒擁有年輕的權利。他血氣方剛，有那年齡的喜、怒、哀、樂，卻不能像同年齡的人活得輕鬆、活潑、衝動，甚或反叛；他不可以跑、不可以跳，更不可以打架。

他睜開眼，料不到會是我，露出驚奇的目光。

「醫生——」他找不到話説。

「怎麼樣啦？」

「內臟並沒有出血。」

他比一般病人明白自身的病況，誰也瞞不過他。

「這是大幸。」我説。「怎麼會打起架來的？」

他臉上呈現少年的靦覥，像幹了件很不體面的事。

他沒答腔，別過頭。好一會，才轉頭來，我接觸到他無奈的眼神。

「活着真沒意思。」不像答話，像在自語。

「別傻，怎會這麼想的？」口裏安慰着，心裏卻了解他的悲哀。一個有健全心智的人，卻無法活得正常，心底的挫敗感是難以形容的。何況還要天天活在死亡和殘廢的陰影下，可真要命！

「不是嗎？我只覺得自己如同廢人，是條蠶食人血的寄生蟲，是別人的累贅。我恨媽媽怎麼會生下我來……」他好激動，眼裏閃着淚光。

「在家待不了幾天就要住進醫院來，小學也無法畢業，做工又不能做得長。而且 —— 根本就沒有復原的一天。」

「誰說沒有復原的一天？」我阻止了他繼續自怨自艾。「像你哥哥，半個年頭才入院一次，也不太壞了吧！」

「不過，他早兩年像我的年紀，情況卻沒我這樣糟。而且醫生說他是少數的例外。」他激動的情緒漸漸平復下來。

「你又怎麼知道自己不會是少數的例外呢？凡事總要往好處想。」他實在需要鼓舞。

許多時候，明白得太透徹，只會帶來更大的痛苦。

他望着窗外的藍天，兩朵白雲輕飄飄的浮在半空，窗前剛好有一隻麻雀飛過。

「這裏可以看到下面的球場，我天天就看人打球看得發呆，我真羨慕他們。」他抿着嘴，眼裏藏着說不出來的悲哀。

我按不住內心的同情。

「子銘，人並不能擁有世界所有的東西。有財富的不一定健康，健康的不一定有學問，有學問的不一定快樂。我們都分到了不同的一份。只要充分享用自己所擁有的，生命便滿足和快樂了。」

他屏息地聽。

「你不知你有多幸運。關節雖然多次出血，還沒變成個跛子。你比上一世紀的血友病人又不知幸福多少倍。還記得俄國沙皇 Nicholas 的兒子嗎？他每次出血，惟一的辦法就是把出血的地方裹緊，哪有血清止住？」

他雙眼垂下來，看着緊裹着的兩膝。

「不上學，並不等於不能學習；不能運動，並不等於癱瘓。記得以前你不是蠻喜歡音樂的嗎？怎麼不用心學習一種樂器呢？」

他沒答腔。我繼續說：

「不要擔心工作，不做長工，做散工也行呀。不要為將來擔憂。」

「要把握現在，是不是？」他綻出了笑容。

「唔，孺子可教也。」我回報一笑。

「你可知道剛才我是為了什麼打架的嗎？」

我等他自己説。

「為了個洗臉盆。」

我們都笑了。

經過籃球場，一羣羣赤着膊的小伙子正在打球，在陽光下，汗水放肆地從他們的身體上冒出來，浸濕了頭髮，糊花了口臉，他們的臉漲紅，熱烘烘的幾乎把熱力傳到我的面頰上來。他們身手矯捷，好像有耗不完的精力。我倏地想起子銘來。

我忽然強烈的妒忌他們那份年輕的勁力。

心在悸動。幾年來我一直看着一顆誠實的心靈在真理的邊緣掙扎。我多麼熱切的希望他能尋到那創造他、關心他的永恆的主宰。

永恒的渴望

前天到醫院探望老朋友豪。

「喂！怎麼啦？醫生也病倒了。」我進了他的私人病房，便直喊他。

他兩眼濁黃，下陷的兩腮使往日突出的顴骨更顯高聳，精神倒還不錯。

「沒見面整整一年了，要不是我病倒，也難得你來探望我啦。」他說。

我們談話，習慣了互不相讓。

「好了，究竟是什麼病？」

「一星期前開始失去胃口，看見食物就倒胃。前幾天小便呈深茶黃色，眼白變黃。那你說是什麼病？」

「誰都知道是肝炎啦！呵呵，吃過了生蠔吧!?」我氣他。

「倒沒有，六個月內也沒有打過針。」肝炎是可以從打針傳染的。

「不過，幹我們這行，什麼時候也有機會受到傳染啦！」

「失去胃口那種滋味真難受，連見到酒也會反胃。」他平日對杯中物頗感興趣的。

「開玩笑，肝炎還飲酒！」

「我沒說飲酒，只說見到酒罷了。」他笑說。

「至少幾個月內也不得沾酒啦！」我正色地說。

「若變了慢性肝炎，便一輩子要與酒絕緣了。肝硬化不是説笑的。」他像自己告訴自己似的。

「肝炎引起肝硬化的機會是很小的吧。」我安慰他。

「不過百分之五的機會也不是太小的。」

事情就是如此。平常對急性肝炎的病人，我們對這百分之五的機會，並不會過分擔心。但是，發生在自己身上，情形就不同了。不明白病情，固然使人擔心；但太明白病情，也可能造成一種不必要的心理負擔。

▼ ▼ ▼

豪是我念醫時好友，同住一間宿舍，房間就在隔鄰，每天晚上一起消夜，卻只有兩道「菜式」，不是罐頭雞湯，就是公仔麵；消夜時定必天南地北一番。

他為人剛直，更是難得的誠實。一次他深夜駕車不慎，碰壞了泊在路旁的一輛名貴汽車。他毫無考慮，留下便條，與車主聯絡，把幾年的積蓄賠光了。這種行動使我打從心底裏欽佩。

他記憶力好，領悟力又強，讀書是班中表表者。我們有什麼疑難，都找他一起研究。因為學業一向理想，所以他很自信。直到畢業那年，他才真真正正遇上了挫折。

那是因為他深深地愛上了一個同宿舍的女孩子。然而，這卻是個沒有結果的故事。他好痛苦，音樂成了他療傷的乳香。他最喜歡的是柴可夫斯基和貝多芬的小提琴協奏曲。他常說，若沒有這兩首曲子，那段日子真的不知怎樣過。然而，那道深深的瘡疤，久久未癒。

畢業試的壓力，內心的傷痛，使他情緒很不穩定。在這期間，我成了他最要好的朋友。我們一起讀書，一起聽音樂，間亦有念念詩詞，調劑一下緊張的心情。還記得我們都好喜歡那闋「酒醒寒驚夢，笛凄春斷腸，淡月黃昏」的小令。

畢業試過後，大家都舒了一口氣。那晚，他醉倒在我的牀上。

「人生是痛苦的。」他沉沉的說。「精神的困惑、肉體的痛苦、感情的折磨成了人一生的枷鎖，誰也不例外。只要找到解脫之路，便是人最大的幸福。」

這些都不是醉語，而是壓抑了在他心底好久的話。他坦誠的自剖，使我有點激動。

「其實幾十個寒暑是為了什麼？」他閉上眼，繼續他的囈語。「有時我真希望這幾十年能快快的過去。」

從外表看，他算得上是個積極的人，做事不苟且，態度認真。然而，誰也猜不透他心底竟會如此的孤寂，對人生看得這般淡漠。

我卻了解他。他是個嚴謹的人，什麼都不能含糊。對他來說，若人生沒有答案，生活是煎熬。加上感情受挫折，使他對生命失去了熱誠。

「你找到了解脫的方法沒有？」我問。

「沒有……」他沒張開眼，躺在牀上一臉的空白。「可能死亡才是惟一的解脫。」

我心裏扎痛。內心充滿對一顆失落了的心靈的痛惜，久久不能平復。

實習那年，大家都忙個不了，很少見面。實習生涯將結束，才有機會詳談。那是在喜來登頂樓的吧座。

天花板閃閃碎碎的亮燈，反映在落地玻璃窗上，使窗外那幅隔岸的港島夜景，增添了眩目的光彩。

「決定了前途沒有？」他問我。

「想做專科，又想做普通科，還沒有拿定主意。你呢？」

「病理。」他做事就是那般決斷。

「哦？怎麼會想做起 pathologist 來的？」

病理是門冷門分科。大多數人都較喜歡做內科、外科、兒科的。以他的成績，在內科不愁沒有發展。

「不是不喜歡臨牀，而是更喜歡研究。」他說。

其實我明白他，他是個理想主義者，什麼事都要問究竟，什麼問題都要得解決。醫學裏委實還有太多的未知數，所以他寧可畢生研究疾病的原理，冀求有新的發現，而不願以有限的醫學知識去治病。舉個例說，他就是不能容忍眼巴巴的看着個癌症病人死去，而自己卻束手無策。

「那你就得天天解剖屍體了。」忽然記起三年級第一次驗屍時那股噁心的氣味。（一年級解剖的死屍是浸過藥水的，所以沒有噁心的氣味。）

「也不是天天，而是一星期兩個早上。不過這兩個早上也真夠受了。」他呷了口威士忌。

悲天憫人而醫術精湛的醫生不行醫，實在令人惋惜。那時我內心誠懇的祈望他能在研究上有一番成就，以貢獻人類。我相信這也是他心底的願望。

▼ ▼ ▼

今天又探望豪。

他臉上的黃氣退了，人也顯得精神。

「呆在這裏真悶。」他一見我，就訴苦。

「哈，還記得以前你吩咐過多少個肝炎病人牀上休息的嗎？這回可謂『世界輪流轉』了。」

我們談了好久，忽然他問我：

「做了幾年醫生，看化了沒有？」

「化什麼？」我笑了笑，「怎樣才算化？」

他想了想，沉沉的説：

「看得開啦？與現實妥協啦？」

我看他問得認真，語氣也就變得嚴肅。

「還有什麼看不開的。在社會闖了一些日子的，都會看得開啦。而且我們看盡了人生的痛苦和人性的軟弱，不接受現實，只會自討苦吃。」我頓了頓：「不過接受現實和向現實妥協，兩者之間是有點分別的。」

他點了點頭。硬朗的輪廓給人一種孤傲的感覺。

「接受現實也可以有改善現狀的誠意，而妥協就連這點誠意也放棄了。」他替我説了。

「你以前不是對死亡很敏感的嗎？幾年來有沒有改變？」我問。

他乾澀的笑了笑。

「麻木了，怎麼會不麻木呢！經我手解剖的屍體不下幾百具，接觸死亡就成了我們生活的一部分。我猜你簽的死亡證也不會比我簽的驗屍報告少吧！」

「沒那麼多！你以為我是包醫死人的『黃綠』嗎？」

我們都笑起來。

「說真的，對一件事麻木了，並不等於解決了那件事。」他說。

「唔，正如許多人出來社會做事，就不再想人生問題，其實他們並非就了解人生。」

我突然覺得好像置身在幾年前的宿舍裏，和他一起夜話暢論人生 —— 那段好值得回味的日子。

「這個星期病倒牀上，又忽然想到死的問題來。」他的眉心一鎖，繼續說：「雖然天天翻人家的五臟六腑，然而我仍覺得人是那麼不可思議。」

「怎麼不可思議？」

「我們看着無數人出生，又看着無數人死亡，周而復始；佛家講的輪迴，看來也有點意思。」他望着窗外的藍天。

「我卻相信人生幾十年不過是一個階段，而死亡只是這階段的結束 —— 所以死亡是驛站，不是終站。」

他把頭轉回來，望着我說：

「你看得如此達觀是因為你相信永恆。」

「正是。」我重重的點頭。「若沒有永恆，一切都變成相對的，一切價值亦失去絕對的意義。我們都無法肯定為什麼要公正、仁愛、誠實、善良……」我心裏漸漸激動，聲音有點顫抖，然而還是忍不住要說下去。「我相信公正、仁愛、善良是永恆的，都出自一個絕對的源頭。」

「我有時也覺得奇怪，為什麼人心裏總有一種對永恆的渴望。」他接上來：「無論是東方的宗教、西方的思想，古代人、現代人、落後民族、文明人都存有這種觀念。若沒有永恆，怎麼會有這觀念潛藏在每一個人的內心呢？」

「人從永恆而來，所以怎麼也逃不掉那歸回永恆的衝動。」我說。

「嘩，你怎地說得那般哲學味道啦！」他謔笑我。

我也顧不得他的謔笑，只覺內心一陣壓迫，要把話說出來。「可不是嗎？不記得是那位哲人說的：只有歸到永恆，才能使心靈得到平靜。」

我赫然發現我年前送給他宓貴靈寫的《尋》* 放在他的牀頭。

心在悸動。幾年來我一直看着一顆誠實的心靈在真理的邊緣掙扎。我多麼熱切的希望他能尋到那創造他、關心他的永恆的主宰。

* 一本自傳，記述作者尋找神的經歷。

他是個不自由的人；他沒有能力去做自己願意做的事，也沒有能力不去做自己不想做的事。

癮君子

在魔爪下喘息

雖然已經過了下午六時，氣溫還是攝氏三十度，天氣又熱又濕，教人翳悶。走進有冷氣設備的診症室，頭腦才稍為清醒一點。

這間舊式診所，以前是用來看門診的。自去年六月，才改為美沙酮戒毒中心。診所的樓房很高，地板是木造的。診症室面積約百餘呎，天花板吊着盞六十瓦的燈泡，房間昏昏暗暗，「老爺」冷氣機不停地格格作響。

進來的是個六十多歲的老頭，他畢恭畢敬的作了個揖，才坐下來。

「醫生，唔係想煩你，不過啲分量真係唔多夠。」他說話帶着台山口音。

「你覺得怎麼樣啦？」我說。

「今朝起身囉，就烏眉瞌睡，周身唔聚財囉。」

他的頭髮蓬鬆，體重看來大概不會超過一百磅，是個標準老道友。

「醫生，真係唔夠頂，直頭癮起咁喎。」

我一面翻閱他的病歷，一面聽他嚕囌。他是個獨身漢，吸毒已有幾十年，因吸毒被抓去坐牢已不下十數次。去年九月開始來美沙酮戒毒中心接受治療，卻於幾個月前中途「失蹤」，上月才又突告出現。他服的美沙酮分量一直無法減至少過每日 30 mg，我猜想他必定在外邊繼續吸毒，錢袋空空時，才又到美沙酮中心來。

「喂，究竟你是不是有心戒毒的 !?」我有點沉不住氣。

「梗係有啦！唔想戒嚟做乜嗝。」他說得好大聲。

「怎麼想戒毒又在外邊吸毒！」我嚴厲的說：「你騙不倒我們的，我們從你的小便就可驗出來啦。」

他懾於我的聲勢，沒有作聲。

「告訴你，我們並不歡迎沒有決心的人來戒毒，這裏不是政府辦的毒品救濟所，不是給你有錢時就食白粉，沒錢時就來飲美沙酮的。」

其實我知道這番話，說了等於沒說。白粉已經蠶食他幾十年，成了他生命的絕大部分。他每個細胞都染上毒癮，幾乎在骨子裏面也能找到白粉的成分。他怎會戒 ?! 怎肯戒 ?! 怎能戒 ?!

他坐在那裏沒作聲，兩眼盯着擺在我面前他自己的檔案，半晌才小聲小氣的說：「醫生，加啲啦。」他咧嘴央求，露出了前排僅餘的幾隻「煙屎牙」。

他臉上密密麻麻像是被鑿出來的皺紋，並不是一生掙扎的痕迹；瘦骨嶙峋的軀體也不是艱辛奮鬥的結果！我只看見一條生命，經年受着毒品摧殘，到入暮終老，還在魔爪下喘息。

我在他檔案的配藥欄上寫上 35 mg。

不自由的人

「這是你第幾次戒毒？」我對着一個初次來戒毒的青年男子發問。

他黝黑的皮膚，粗大的膀臂，一眼就看出是個勞動工人。表格上填寫的年齡是二十五歲，未婚。

他支吾了好一會，說：「第四次。」

我並不感到驚奇，繼續問：「前幾次在什麼時候？」

「記不清楚了，」他想了想。「第一次大概是三年前，在赤柱被迫戒毒。後來兩次，都在石鼓洲。」他坐在那裏，顯得有點不安。

「你怎搞的 !? 如果有心戒，為什麼出來又再吸食？」我的話裏帶着責備。

他面露難色，半晌才說：「醫生，有陣時好難講嘅。」他壓低了那本來已經低沉的聲音。

「怎樣難講？」我放下職業上板冷的面孔，說話的聲音也放輕了。「你要我們幫助，就必須讓我們更了解你。」

他一直低低的垂着頭，我無法接觸到他的眼神。

「唔……在赤柱那次，因為並非真心想戒，所以放出來第一件事，就去食番夠本。……之後兩次，都是因為……太悶，所以又食番囉。」

他並不習慣表白自己，我只好慢慢和他詳談。

他起初在工廠當雜工，後來老闆發現他是名癮君子，就把他開除。他的生活頓成問題，便決心戒毒，那是他第一次入石鼓洲。出來之後，無法找到工作，心情苦悶，受不起引誘，又染上毒癖。可是生活便更無法維持，只好鋌而走險，靠搶劫找錢吸毒。有一次險些被抓，促使他第二次決心入石鼓洲。出來後倒有六個多月明哲保身，也找到份地盤工作，可惜又在友儕影響下再次吸毒。

「坦白說，你這次是否真的決心想戒掉它？」我兩眼直盯着他，逼他說心裏的話。

「醫生，沒騙你，除了赤柱那次，每次都是拿定決心的……不過……沒有一次守得住罷了。」他歎了口氣，一臉的無奈。

他是個不自由的人；他沒有能力去做自己願意做的事，也沒有能力不去做自己不想做的事。

這正是人性的軟弱。多少時候我們行出來的，是我們心裏以為是惡的；但心裏以為是善的，卻沒有能力行出來。任憑我們咒罵，甚至痛恨自己，內心的衝突與矛盾依然存在。這是人的悲哀。

走自己要走的路

「醫生，我這次來戒毒，是抱着破釜沉舟的決心的。」說話的是個白淨臉皮、架着副黑邊眼鏡的男人。

這名癮君子，二十七歲，中學畢業後當過兩年警察，後來犯事被開除，便轉行「撈偏門」，不到一年就染上毒癖。他去年結婚，本該戒除毒癮，卻拿不出勇氣告訴太太，所以一直瞞着她，繼續「追」下去。

「你太太不懷疑你的嗎？」我問。

「倒懷疑了很久。不過我多把自己關在廁所裏吸毒的，她苦無證據，也沒我辦法。可是，最近還是給她識破了。」

「那你就只好來戒毒啦？」我橫了他一眼。

「嗯。」他點點頭，説：「其實也不盡然。我上星期……唉……發現我弟弟也吸毒。」他説得為難，想心裏一定不好受。「我怎也沒想到他也像我一般墮落。他竟然瞞着我們吸了幾年的白粉。」從他的語氣，我領略到他對弟弟的那份疼愛。他該是個好哥哥。

「他有多大？」

「比我小三歲，才二十四。」他頓了頓，説：「他昨天也曾到這裏來。」

「是不是做店員的？」我記起昨天一個新來戒毒、個子高高的青年，他曾告訴我哥哥也是吸毒的。

「嗯。老父老母都不能工作，只靠我們兄弟兩個維持家計，怎知兩個都不中用。我不敢讓父母知道我們吸毒的。」他該還是個好兒子。

「你太太知道了你吸毒，有什麼反應？」

他搖了搖頭，眼垂下來，說：「我以為她會離開我的，怎知她不但沒罵我，反而鼓勵我來戒毒。我內心真的好難受。」他歎了口氣，「所以想來想去，非決心戒掉它不可！」

那份真誠倒是不容易裝出來的。我沒有懷疑他的決心，他該是有希望的少數。然而，有決心不一定成功，還要看環境。

「你住慈雲山，毒販猖獗，你能受得起引誘嗎？」我開始關心他。

「這點我明白。以前我也曾把自己關起來，辛苦幾天，把癮戒掉。但後來因為購買方便，沒幾個星期又再吸食。」不少癮君子說，經過白粉檔攤，便心癢癢不能自已。

「你這次怎樣預防重落圈套呢？」

「和太太商量過了，我們決定搬到這區來居住。」

「這區也有白粉檔的。」我警告他。

「我不熟悉這地頭，也不認識門路，該會好一點的。」他想得也算周詳。

「很好，」我對他倒是有點信心，「讓我給你檢查一下身體吧。」

他邊解開襯衣的鈕子，邊説：「以我們年輕人的身體，戒毒該沒有問題的吧？」

我喜歡他的決心和自信。我從心底希望他終有一天能脱離白粉的蹂躪，重獲新生。

▼ ▼ ▼

從戒毒中心走出來，已經是九時過後。翳悶的酷熱消失了，一陣清涼的晚風掠過。走了沒幾步，竟然灑下幾滴雨水來。

最好是痛痛快快的下一場雨，洗滌一下城市的骯髒。

擺在這年輕女郎前面的生命，決定在她自己的手裏，別人只能給她一點幫助；她能否改變，便要視乎……

自我毀滅

「不得了，有人跳樓呀！」一聲尖叫，引起病房一陣騷動。

我轉頭一看，看見昨天進院的那個女病人，正在攀越窗框，爬出窗外。我一個箭步撲向窗子，使勁抓着她的衣領。她拚命掙扎，不斷地搖晃着身子。她大半個人已在窗外，站在只有一呎多寬的欄杆上，情況驚險萬分。

兩位護士也趕到，用力抓住她的手臂。但窗子是平開而不像普通向外推開的那種，所以鑽了出去，就不容易拉進來。況且她又像頭瘋了的野馬，我們一時真的手忙腳亂。

「九樓跌下去實無命啦！」

「快打電話叫警察啦！」

「叫消防局就真！」

「不如打暈她！」

一片囂嚷之聲，氣氛緊張慌亂。

結果幾經辛苦，才合力把她拉進來。

「噓！」長長的舒了口氣，抹了一把冷汗。

▼ ▼ ▼

她是昨天意圖服藥輕生進院來的。二十歲不到，一頭蓬鬆啡黃的頭髮，細細的眉毛，深藍色的眼蓋膏下面藏着雙細小的眼睛，長長的睫毛，濃濃的化妝，穿了件紅色小背心，短短的垂繸熱褲，明眼人一看就知道她幹的是哪行。

「又是你？」護士看見她就認出她來，很兇的說。「進進出出的大概也有七、八次啦！你以為這裏是酒店，給你來度假的嗎？」

我就永遠分不清楚她們的臉孔，都像是同一個模子造出來似的。看看她手腕上的幾道疤痕，想護士也沒認錯人了。

病牀已經短缺，病人病房擠滿，工作忙得不得了，護士們還要為這些找麻煩的忙碌，也難怪心情煩躁。這類病人多是心情不好，吵了架，就吞幾十粒安定（valium）、硝基安定（mogadon）之類的鎮靜劑安眠藥，企圖輕生。這自殺的意圖，背後可能相當複雜，不過最低限度，也是一種心理補償，藉此得到別人的關注和呵護。

換過病人衣服後，她昏昏迷迷的睡在病牀上，喃喃亂語。

「衰仔……嗚……嗚……沒良心。」她愈哭愈大聲，全病房的人都為之側目。「你老母……嗚……沒種的……死仔……」男人的三字經也沒她說得流利。

「咪咁啦！」那個送她入院、和她一樣打扮的女郎說。

「小姐，究竟她受了什麼刺激？」我問。

她斜睥了我一眼說：

「唔知喎，她醒過來時你自己問她啦。」她從手袋裏拿出個空藥瓶來。「這是在她牀頭找到的。」

我接過藥瓶，上面寫着 valium。

「護士，給她洗胃。」我說。

▼ ▼ ▼

雖然在工作上常常遇到這類女人，倒不太明瞭她們的心態。她們像活在另一個很不相同的世界裏。小説家筆下的她們，都離不了悲慘的色彩，但她們卻有自己的想法。像《的士司機》那部電影裏的雛妓，起先便拒絕了羅拔·狄尼路的「拯救」，寧可留在污垢的街頭，過她卑下的生活。

也許她們已經「認命」，不管以前是無知少女被賣下「社」，或在色情場所自甘墮落，但她們認為既然給污衊了，就索性以肉體賺取金錢，過皮肉生涯。

這卻使她們喪失了人格裏最寶貴的東西——自尊。天天給人蹂躪，就是為了幾十元的代價。潛意識裏她們鄙視肉體，只視它為賺錢的工具。她們早已出賣了自己的靈魂。

她們的生活是離不開藥物的；沒有安眠藥就不能睡覺，還經常服食鎮靜劑、迷幻藥之類的藥物。或許這是她們精神生活中一種必須的逃避方法，然而也就是這逃避心理使她們經常仰藥意圖自殺。

「意圖自殺」異於「決心自殺」，成功率相當低。吧女多為意圖自殺進院來的，罕見像這名跳樓的女郎下了這麼大的決心尋死。

▼ ▼ ▼

她被縛在牀上，以防歷史重演；她卻是出奇的寧靜，沒有大吵大嚷。

雖然找了精神科醫生來看她，我還是想明瞭她自殺的原因。

她的頭髮散落在枕頭上，臉上的艷妝都抹掉了，我才發現那張不該是二十歲少女有的憔悴臉孔。我幾乎認不出她來。

我無意問及她的過去——那段她不願意人知道的辛酸史。

「你為什麼自殺？」我問。

她沒有理睬我，目光空洞得怕人，直望着那看不見的遠處。

「是不是受了刺激？」我說。

其實我也有點怕她會無緣無故又放盡嗓門，大罵起來。

她的嘴搖動了幾下，不停的搖頭。

「死仔……死仔。」她自言自語。聲音雖小，卻是很用力，流露出內心的激動。

我意會到她是給人騙了，是為情自殺的。

她還是「衰仔、死仔」的罵起來，最後更號啕大哭，亂扯頭髮，掙扎着要起牀。我見她情緒太激動，便吩咐護士給她鎮靜劑。

▼ ▼ ▼

過了兩天，精神科的盧醫生來看她。她是位女醫生，和病人談了很久。

之後，盧醫生把病情告訴我。

「她一直患上長期抑鬱症，最近受了嚴重打擊，正處於極度抑鬱中。」她慢條斯理的，一副專業口吻。

「給男人拋棄了，是不是？」我説。

「Yeah……唔，她的背景相當複雜。十五歲給繼父強姦後，就開始操淫業。她厭惡這種生涯，內心極度矛盾，卻沒有勇氣，也沒有面目逃出來，所以精神一直受到挫折，久而久之，成了長期抑鬱症。最近她養了個小白臉，you know，竟還動了真情。誰知那個男人拿了她的錢，去玩別的女人。她經不起刺激，便想尋死。」

雖然這類故事，聽過不少，也看過發生在她們這類女人的身上，卻還是不解為什麼她會比別人反應得分外強烈。

「盧醫生，她們企圖自殺是很常見的，較少像她這般認真的。」我説。

「Well，」她舒了口氣，「操皮肉生涯的，心理受到嚴重傷害。有時她們表現得囂張，不外是掩飾自卑的心理而已。」她頓了頓，「這病人內心受到的傷害，比普通的來得嚴重。她的性格比較悲觀，長久以來已經覺得生存沒有什麼意思，活着毫無價值。和那個男人的感情，是支持她生命的惟一力量，最終發現這段感情竟也只是個騙局，便失去了一切生存的慾望了。」精神病專家說話多是長篇大論的。

「勞煩你來看她。」我客套的說。

「那裏的話。我暫時給了她一些 antidepressant（抗抑鬱藥），可否明天把她轉來精神科病房？她可能需要一些心理治療。」她說。

「沒問題，請問她需要些什麼心理治療呢？」我對此道也有點興趣。

「看情形而定，最好當然能幫助她改變環境；若是不能，也希望重建她對人、事、物的價值觀念，相信過程並不簡單。」

我不好意思再耽誤她的時間，連聲道謝。

擺在這年輕女郎前面的生命，決定在她自己的手裏，別人只能給她一點幫助；她能否改變，便要視乎她有多大的決心和勇氣了。

我會對生命保持無上的尊重……甚至在生命受到威脅的時候也是一樣。我絕不會運用我的醫學知識作任何違反人道的事。

誰決定生命

「我會對生命保持無上的尊重……甚至在生命受到威脅的時候也是一樣。我絕不會運用我的醫學知識作任何違反人道的事。」

我在苦思這句話的意義，腦海便浮現菁菁那張像大啤梨的臉蛋……

五歲的小女孩，該是天真爛漫得叫人無法不疼愛的，但我想到的卻是浮腫的臉頰，脹得發亮的腹鼓，和那睜不開的雙目。

四個月前，她因患腎病進院，兩眼浮腫，雙腳水腫，小便減少，血壓升高。那時她的病情還不十分嚴重，終日到處亂跑。

她的嘴很小，小得好像連曲奇餅也放不進去似的，但口齒卻伶俐得驚人，什麼「斜陽裏氣魄更壯」的電視主題曲，她能一字不漏的從頭唱到尾，逗得人笑不攏嘴。

她的病牀擺滿了布娃娃，像大灰熊啦、Snoopy 啦，連「鹽水架」也爬了三隻小布猴子，羨煞其他病童。

可是她的病情漸漸惡化，腎組織化驗的結果，顯示她患上一種嚴重的慢性腎炎，特效藥也不奏效，我們都很為她憂心。

她的臉一天脹似一天，眼睛眯得只剩兩條直線，手腳腫脹得像豬蹄，肚子是敲得響的鼓，誰也認不出她就是以前的菁菁。因為腎臟失去了排尿的功能，血裏的尿素（urea）不斷爬升：120mg，180mg，250mg，350mg，400mg；鉀也相繼迭升，5mg，6.5mg，

7 mg。最後，我們惟有替她進行腹膜透析（peritoneal dialysis），以清洗尿毒。

清洗過程是這樣的：先把一條管插進腹部，然後注入類似鹽水的液體，吸去血裏的尿素，再讓液體流出腹外。周而復始凡數十次，需時約四十小時。

這是菁菁第一次進行清洗，雖然給了她鎮靜劑和止痛藥，她還是哇哇大嚷。當針刺穿肚皮的時候，腹內的水便像噴泉從管子冒出來。

「醫生，怎麼有這麼多的水？」她慢慢安靜下來。

「唔，你喝得水多，所以便一肚子的水囉。把水放出來，就會舒服多啦！」我邊接駁喉管邊說。

「今天是不是有雞腿吃？」她賣弄着她那嗲嗲的嗓門。

「是，你乖乖的就什麼都可以吃。」

患腎病的病人，吃的是淡餐（只含低鹽分的食物），和蛋白質很少的食物。這樣的食譜是很難入口的，難怪菁菁每天的三餐，都要媽媽千求萬請才能完成。今天可算是她的大赦日，因為在清洗期間，可以讓她較隨便地吃東西。

可是她卻沒有胃口，雞腿、牛扒、雪糕也吃不到一半，直喊肚子不舒服。

經過兩天，清洗才告完成。當我替她挪去插着肚子的喉管時，她哀哀地請求：「醫生，我不要洗肚子，我寧可不吃雞腿啦！」

我苦笑。

清洗後，菁菁精神好多了，也沒有那麼腫脹，可是我們知道好景不常。

不到十天，尿素又升至450 mg，鉀7 mg。沒有辦法，惟有再進行透析。這次我打算先和菁菁的父母詳細談談。

他倆是對三十歲上下的青年夫婦，除了菁菁，還有個三歲大的兒子，是標準的「兩個妙」家庭計劃實行者。

「孩子的情況並不好，恐怕又要進行第二次透析了。」我說。

「她會不會好起來？」父親緊張的問。

「暫時來說，還可以靠清洗血液維持生命，但長遠來說，機會甚微。」

母親開始啜泣，父親呆了半晌。

我便把菁菁患的腎病，詳細的為他們解釋，並且告訴他們腹膜清洗血液的功用。

「你是說，不洗就不能活？」父親說。

「是，而且也不能洗多少次。」我必須把真實情況告訴他倆。

「她能活多久呢？」是母親沙啞的聲音。

我搖了搖頭，說：「我們不能肯定，想⋯⋯也不會太久了。」

▼ ▼ ▼

日子對菁菁來說是一種折磨。每天吃的藥水，加起來竟有十安士之多。再沒有「斜陽裏」的歌聲，沒有歡笑聲，她甚至很少說話，整天迷糊糊的睡在牀上。身體臃腫，莫說起牀走動，就連坐起來的氣力也沒有。肚子脹得連呼吸也很吃力。

兩個月內，她經過了七次腹膜透析。最近的兩次，顯然並沒有很大的效用，還引起其他併發症。

母親愛女心切，天天二十四小時陪伴在側，累了就伏在女兒牀頭，幾天才回家一次。人憔悴得難以形容，我知道再這樣下去她一定會崩潰。

父親每天都來探望女兒，又要看管家裏的小兒子，人也消瘦許多。他已經一個月沒有上班了。

那簡直再也不是個家。

今晚經過菁菁的病牀，父母都佇守在側。孩子的樣子實在不忍卒睹。臉是脹得快要爆破的氣球，眼瞼腫得眼睛無法睜開，呼吸在寂靜中顯得分外沉重。

「醫生，菁菁認不得人了。」菁母幽幽的訴説。

「她張不開眼，怎認人？」我柔聲説。

「前幾天張得開眼的時候，也認不得人。」她在飲泣。

「菁菁，認得是誰和你説話？」菁父問。

是很微弱的回答：「婆婆。」

「你在什麼地方呀？」我接着問。

「彌敦道，我要……要回家，我不吃……吃雞腿。」她語無倫次的説。

我歎了口氣，心裏覺得菁菁不在生活，只在殘喘生命。

我找不到安慰的話，正想離去的時候，菁父喊住我。

「醫生，想和你談談。」

「什麼事？」

「我……我們想……要是菁菁沒有希望的話，請不要再替她洗肚子，拖下去只會增加她的痛苦……倒不如讓她……去吧！」父親的聲音變得沙啞，母親哭得更厲害。

「請到我的房間再談。」我明白對於他們，這是一項極痛苦的決定。

我了解他倆的心情：一方面希望奇蹟出現，另一方面又不忍孩子受苦；結果在絕望中，放棄前者的希望。

「我們正準備明天替她洗肚子的。」我說。

「是第八次了。」菁媽低聲自語。

「醫生，老實說，我們實在不忍看見她繼續這樣拖下去。既然沒有好的——」他狠狠嚥了一下口水，臉上的肌肉不停抽搐。

我讓他情緒安靜下來後說：「最近她的病況很壞，就是洗下去，也拖不了多久。不過，洗或不洗，我們幾位主診醫生要詳細考慮，才能作出決定。」

醫生的職責，是要維持生命，故不能以任何方法結束病人的生命，就是對患絕症的病人來說，也是一樣。然而我們是可以考慮對沒有希望的病者，不作過分積極的治療。

我們沉默了好一會，只有菁母不時在抽噎。

忽然我們變得好接近，是孩子的生命把我們連了起來，彼此都像能體會對方的難處。

「就這樣吧，待我們明天商量過後，再作決定，好嗎？」我結束了那份沉默。

不洗的話，菁菁是過不到這幾天的，但繼續洗下去，也延長不了多少日子。

究竟什麼是「對生命無上的尊重」呢？

是誰來決定她的生命呢？父母？醫生？怎麼連她自己也沒有決定自己生命的權利呢？

後記

想不到菁菁就在當晚逝世。我深深的體會，生命不在人的手裏，是造物主掌管萬有，在祂一切都有定時。

他現在需要的是懂得怎樣去面對一個新環境，肩負一份超重的責任。

小父母

護士從產房抱着個剛出生的小娃，跑進嬰兒房來。

「你猜他有多重？」她遞過嬰兒給我看。

我瞄了他一眼，是個不足月出生的嬰兒，纖細得像隻脱了毛的小貓。

「三磅。」我隨口説。

「三磅一安士，算你眼光不差。」她忙着把他放進溫箱裏。「你猜是男的，還是女的？」

「唔，女的吧。」

「錯了，是男的。」

小東西光着身子，睡在溫箱裏，我才發現他的身上滿佈紅點。這些紅點是皮下出血造成的，在初生嬰兒並不常見。

護士們圍閧着溫箱，像在看一隻珍貴的異禽。

「好有趣哇，密密麻麻的紅點。」

「像灑滿芝麻的芝麻餅一般啊！」

「就叫他『紅芝麻』吧！」她們説得興高采烈。

這樣的皮下出血，是缺少了血小板所致，原因可能與母親懷孕期間服食的藥物有關。我想見見父母，詳細問個究竟。

「你可知他們有多大嗎？」護士説。「爸爸十六歲半，媽媽十七歲。」

「哦！是個未出嫁的媽媽吧！」我笑説。

紅芝麻的媽媽卻並非想像中的那類女孩子。她圓圓的臉蛋、直直的短髮、水秀的眸子，倒像個規矩的少女。

「—— 嗯 ——」我一時不知應該稱呼她小姐抑或太太比較合適。「你看過自己的孩子沒有？」

她點點頭，怯生生的問：「他那麼小，有希望……嗎？」

「早產的嬰兒，因為體弱，問題比較多。若能幫助他度過最初的一、兩個星期，情形才比較樂觀。」我説。

「為什麼他身上滿佈紅點呢？」她抬起頭，望了我一眼，撥了一下額前的頭髮。

我把皮下出血的情形告訴她，並問及她懷孕時服用過的藥物，卻發現與孩子的病扯不上關係。

「説真的，你有沒有吃過迷幻藥之類的藥物？」我率直的問。

她猛力搖着頭，然後很關心的查問孩子的情況。

紅芝麻正如一般的早產嬰兒，有呼吸困難，小小的胸口，起伏得頗為急促，我們有點擔心。幸好過幾天後，病情好轉，呼吸暢順了很多。然而血小板還是很低，可幸除了皮下出血外，並沒有其他地方溢血。經過藥物治療後，血小板開始增多，身上的紅點也漸漸褪掉了。

紅芝麻雖然逃過大難，卻患起貧血來。血色素只有 8.5 mg%，需要輸血。他的血是 O 型的，只有 O 型血液才適合他。我找了他媽媽來，取血化驗，並打算告訴她紅芝麻需要輸血的事。

這次陪她來的是個十來歲的小伙子 —— 紅芝麻的爸爸。他雖然不足十七歲，卻長得碩長，比媽媽要高出一個頭。他的上唇留着嫩黑的鬍子，面上爆出幾顆青春的標誌，還帶點少年的稚氣。他穿着一件白色襯衫、藍色短褲，雖不「飛型」，卻也不太像個學生。（後來才知道他是個中四的學生。）

「Doctor，我可以輸血給他嗎？」他熱誠的從襯衫袋裏掏出紅十字會的捐血證給我看。

「你是什麼血型的？」我說。

「O 型。上面寫着的。」他聲音不大，帶點沙啞。

「正好。」我十分贊成由親屬捐血給病人的。

他告訴我年前紅十字會到他學校推行捐血運動，他聽老師說捐血對身體無礙，便也響應一番。

我一邊替他量度血壓，一邊和他攀談起來。他侃侃而談，十分爽直。

「你們還沒有正式結婚的，是嗎？」

「我們還未夠年齡嘛。」

「那你們得到父母的同意嗎？」

「我媽倒沒所謂，她父母就不同意了。」

他告訴我他們現在是跟他媽媽一起住的。他們也曾請過親朋喝喜酒，就是沒有結婚證書罷了，準備幾年後，再行補領。

在血庫進行捐血的時候，我問起他來：「為什麼那麼急着要結婚？奉子成婚不成？」我心想也錯不到那裏去。

他一臉的無奈，説：「是不得已的。」

「我倒想聽聽。你太太也是個學生嗎？」

「她以前是在工廠做的。我們認識了幾個月，便有過幾次的性行為。」他説來竟不感到尷尬，反像在述説些光榮的事。

十五、六歲的小子，不好好的控制青春期的性衝動，往往帶來不可挽救的遺憾。

他躺到牀上，捲起衣袖，讓我在臂彎的地方進行輸血。

「後來她的繼父為了人家一筆禮金，竟逼她嫁人。我們才決定要個孩子。唷！」我用針刺過他的靜脈，血湧了出來，流進盛血的袋裏。

「後來你們真的成功啦！」真想不到他們竟想出這樣的辦法來。

他苦笑，「不過起初我們所遭受的壓力，簡直迫得我們發瘋。她父母天天來找我的麻煩，大吵大嚷……」他嚥了下口水，「不過，我不是個攬攬震的人，自己種下的果，我是會承擔的。」

雖然看上去他不像個用功的學生，卻也不像個「邪氣」的傢伙。我有點替他惋惜。

我真想告訴他，像他們的年紀，思想性情還未定型，便要決定一個一生廝守的伴侶，實在有點兒戲。不過，我想現在已經不是說這些話的時候了，他需要的是懂得怎樣去面對一個新環境，肩負一份超重的責任。

「你從此輟學啦？」我問。

「試也沒考。怎考？我當時幾乎崩潰下來。」他很窘的一笑，像帶點悔意：「想起來那時也真太衝動。」

「現在找到工作沒有？」

他抿了一下嘴，說：「沒有呀，本來想考警察的，但又未夠年齡。」

「為什麼不繼續念書？結了婚也可以念書的。差一年便中學畢業了，就這樣放棄不有點可惜嗎？」我想鼓勵他。

「好難的，」他頓了頓：「我想我媽也不喜歡我繼續念書。」

他的主意拿定了，不過找媽媽來做藉口罷了。

血盛滿一袋，我便從他臂彎抽出針來。

「捐血給兒子，蠻有意思呢！」

這個小爸爸，臉也放鬆了，報以我一笑。

▼　▼　▼

紅芝麻在溫箱度過他的滿月。他長得真快，原先尖尖的下巴變得圓圓的，身上也長了結實的肌肉，紅紅胖胖，十分趣致，成了護士的寵兒。

臨出院前，小媽媽便來醫院學習餵奶。每次小爸爸都陪着她來。

她初抱小東西的時候，顯得有點緊張，像擁着個滑溜的玻璃球似的。她餵小東西吃奶的時候，嘴巴竟不自覺地隨着小東西的吮吸，有節奏地嗡動起來。

「乖乖，吃吧，還扭什麼計呀！」她不斷逗着紅芝麻説話。那小鬼卻只管閉上眼睛，尋他的好夢。

小爸爸站在旁邊，掛着笑臉，輕撫小東西的嫩髮。

紅芝麻吃罷奶，小媽媽還是捨不得把他交回給護士。

也許母性就是與生俱來最自然的性情吧。

▼　▼　▼

紅芝麻出院了。

「孩子回家後，誰負責帶孩子呢？」我問他們倆。

小爸爸望了小媽媽一眼，說：「她囉。她現在沒有工作了。不過我媽也會幫忙的。」他臂彎搭着她的肩膊，天真的一笑，活像對小情侶。真難想像他們竟做了父母。

「你考到了警察沒有？」我說。

「我下個月換領身分證後，便報名投考。」

他把他的兒童身分證遞給護士，作為帶孩子出院的證明。

護士接過身分證，核對清楚姓名後，便替他們講解領出生紙、打預防針的手續。

「買了奶瓶、奶粉、尿布沒有？」護士問。

小媽媽點點頭。

「三小時餵奶一次，每次四安士，一滿匙奶粉開水一安士……他有點奶癬，要替他塗藥膏……還要每天餵維他命水……」

有人的十七歲是寂寞的；而他倆的十七歲一定不寂寞，反倒是十分十分的忙碌呢！

已經盡了最大的努力，我起初幾乎以為是成功了，結果還是……

不幸的……

生

去年流行德國麻疹，最近才看到惡果。

德國麻疹其實是極輕微的疾病，就像普通的流行性感冒一般，是種過濾性細菌感染，只是因為會影響胎兒孕育，所以孕婦染上德國麻疹，便可能產生下畸嬰，尤以在懷孕初期，最為危險。

受到嚴重影響的胎兒，便會自然流產。其實這樣還好；最不幸的是生了下來，才發現是個又聾、又瞎，智力又不健全的白癡。

嬰兒室正躺着幾個這樣的初生嬰兒。

「9 號嬰兒的父親在外面等着見你。」護士說。

9 號病嬰就是那個染上德國麻疹中的一個，只有兩磅多重，全身皮下出血，肝、脾臟都發大，且有心漏。

他爸爸是個年輕工人，結婚才年多，這是他頭一個孩子。

「醫生，孩子是不是患上德國麻疹？」他一臉焦慮。

「可能性相當高，不過他出生還不到兩天，要待驗血報告來確定呢！」

「他媽媽懷他兩個月的時候，皮膚起了紅疹，醫生說是德國麻疹。」

「唔，算起來，該是去年初吧，剛好是德國麻疹最流行的時候。你太太是看哪位醫生的呢？」

「我們住新界，在醫局看醫生的。」（無怪他皮膚黝黑，帶點鄉土氣息。）「我們起初又不知道可以打掉孩子的，後來入醫院的時候，醫生說已經太遲了。」他頓了頓，歎了口氣，說：「我們一直就擔心孩子生下來會不正常。醫生，你想他真的會不正常嗎？」

「若確定了是患上德國麻疹，腦部發育便不會健全。視覺、聽覺也可能有問題。」

「你是說他會是個白癡？」他用鄉下人純真的目光望着我。

「嗯。」我點點頭。

「他能養得大嗎？」

「他只有兩磅多，呼吸有點困難，血內糖分也低，暫時很難說。」

他歎了口氣，搖了下頭，很為難的說：

「醫生，我是說，既然長大了也是傻仔，倒不如……你知道啦，一生對着個癡癡呆呆的……」他嚥了幾下口水，「況且我們還年輕，生孩子準沒有問題。」

「我明白你的意思。不過，我們並沒有權弄死孩子的。」

「我們是絕對不會追究責任的。」

「這倒不是追究不追究責任的問題，而是牽涉到行醫道德的問題。在香港，法律並不准許人道毀滅。」

他顯得有點失望。

我也能了解他：初為人父，本該是多麼值得興奮，但若孩子只有個悲慘的將來，又怎教他心情不沉重得像墜了千斤鉛塊。

「不要過分擔心，說不定報告回來證實不是德國麻疹。」我拍拍他的肩膊。

「我知道你在安慰我罷了。」他搖着頭。

「又或許他過不了這幾天。」

他還是搖着頭說：「我只想你別救他便是。」

我們竟都希望嬰兒不治？

過了兩天，年輕的父親又來見我。

「他的情形怎樣？」他心急的問。

我猜他心中一定希望我告訴他孩子情況惡劣，奄奄一息。

「並未好轉，也沒有惡化，血內的糖分卻是正常了。」

「唉！最怕就是他能活下來。」他顯得有點不安。

我沒有答腔，轉了話題，說：

「太太看過孩子沒有？」

「昨天來看過了。其實我真不想她來看的，她卻是不肯聽。」

他在避免讓她與孩子發生感情，免日後痛苦。

「可不可以不接他回家，每月支付贍養費用？」

「在醫院就一定不行。本來政府也有些收容所，專門收養這類兒童；不過僧多粥少，很難有空缺。現在不要多想了，還是待日後再作打算吧。」

「醫生，以後我們再生孩子，會有問題嗎？」他焦慮的問。

「染過德國麻疹的，體內便有永久性的抗體，所以不會再度感染。你放心好了。以後太太生孩子，一定不會有同樣的問題。可以說她現在是保險了。」我向他保證。

生下畸嬰的父母，心理上難免有重重陰影，對日後生孩子存着戒心。

「最好他不要活下去……」父親喃喃自語，還是很困擾。

驗血報告回來，證實了嬰兒患的確是先天性德國麻疹症。

我們也沒有給他藥物，只餵他牛奶，他的生命力卻似乎特別強，竟一天比一天健壯。

看來他是會活下去的。

逝

躺在 2 號溫箱的是個早產的嬰兒，雖重四磅，肺部卻很有問題。

生下來不到兩小時，呼吸變得十分急促，給他氧氣，還是不十分妥當。我們便把他放進 gregory box 內（此為有壓力的氧氣箱，以幫助肺部的擴張）。

他的父母年近四十，膝下猶虛。年前曾誕下女嬰，卻不幸幾天後夭折，所以對這個男嬰，看得十分寶貝。

兩夫婦站在溫箱旁邊，良久看着那起伏的小胸口。

臨離去前，父親問我：

「孩子情況怎樣？」

「十分危險，若能度過這兩三天，情形可望好轉。」

「那要你們費心了。」

我唯唯諾諾，知道這回責任重大。我對這類病症倒特別有興趣，故樂意接受這項挑戰。

把嬰兒放進「氣箱」後，病況有點好轉。呼吸雖然還是急促，但血色尚算紅潤，血酸也正常。過了好幾個鐘頭，情況已頗令人滿意。

「Miss Wong，今晚你可要打醒精神看護他。」我和值夜的護士説。

「好啦，明早準把他交回你便是；希望到時是生生猛猛的呢。」她打趣的説。

黃姑娘護理嬰兒十分細心，且有豐富經驗，我對她很有信心。

第二天我大清早便回到醫院，小東西還躺在氣箱內，「享受」氧氣。總算度過了二十多個小時，距脱離危險又遠一點。

他不能進食，靠靜脈注入養料和藥物。令人欣慰的是他兩頰殷紅，手腳亂舞。（這都是可喜的現象。）

「醫生，他現在的情況如何？」父親焦急的問：「好轉了沒有？」

「現在還算滿意，不過還要捱過兩天，情形才可望好轉。」

對於他夫婦倆，這兩天真是有若一千年之久。

小寶貝平安的度過了第二晚。父母都充滿希望，我也以為他可以逃得過大難。

第三個晚上，我剛好當值。過了半夜一時，我接到黃姑娘的急電。

「喂！快來，2 號全身藍了！」

我衝進嬰兒室，發現小嬰整個灰灰藍藍，沒有半點血色。

情況轉變得這般快，準是肺膜穿了 —— pneumothorax —— 是這類病常見的併發症。

「快叫人來照 X 光。」我下令。

幸而心臟跳動還好，我急忙把他拿出氣箱，用 3mm 的喉管插進他的氣管，然後接上呼吸器。他的呼吸就全仗呼吸器來維持。

幾分鐘後，他的唇間又再現微紅，我才舒了口氣。

「通知了父母沒有？」我問。

「通知了，他們正趕着來。」黃姑娘説。

X 光證實了是左邊肺膜穿了，膜外積聚着氣體，壓着肺葉不能擴張，並把心臟推向右邊。

我連忙替他做了胸腔刺穿（chest tapping），把積聚的氣體抽出來。

他的肺部已欠佳，還加上這樣的併發症，可謂危在旦夕。

父親趕了來，看着那呼吸器發了呆，「他有希望嗎？能活下來嗎？」

我完全不敢樂觀，知道希望不大。

過了兩個多鐘頭，嬰兒的心臟休克，打過強心針，才恢復跳動。

他已經瀕臨死亡的邊緣。

早上六時許，他的心臟再度休克，藥物也沒有效用。我便替他進行體外心臟按摩。

過了三十分鐘，心臟還是半點反應都沒有，全身一片死白；呼吸全賴機器輸送，心臟就只靠我一下下的壓縮來維持功能；我住手就是他死亡的時間了。

過了七時，雖然我知道是完全沒有希望了，還是挨了十分鐘後才捨得住手，出去見他的父母。

他倆幾乎是跌撞着進來。整夜沒睡的倦容蓋不住緊張的神色。

「醫生，怎麼了？」父親搶着問。

我搖搖頭，告訴他們孩子不治的消息。

母親的眼睛立時濕潤起來，泣不成聲。

也沒辦法，確實已經盡了最大的努力。我起初幾乎以為成功了，結果還是失敗，心裏真不是味兒。

走出嬰兒室，打了個呵欠，整夜沒睡，累得不得了。雖然天已亮了，我還是要去睡它一覺。

她已經學會了生活：她不去懷緬過去了不能再回頭的日子，而在平凡無聊的日子裏，找尋樂趣。

癱

露在被單外的，是張秀麗可人的臉。

看上去她約二十開外，烏黑的髮綹，梳兩條辮子，整齊地搭在胸前。這種裝扮使她顯得格外清新，活潑中帶點成熟的味道。眼睛閃亮、鼻樑挺得恰到好處，微合的嘴唇帶着個性，兩頰白嫩的皮膚透着微紅。

「你哪裏感到不舒服？」我問。

「發了兩天熱，頭有點痛。」她張開口，讓我檢查口腔。

「還有其他地方感到痛楚嗎？」

她把嘴往外拉，作出個無奈的笑，面頰出現了兩個逗人的梨渦。

「我自頸部以下的身體，是完全沒有感覺的。」她沉沉的説。

我這才發現，這個美麗的女孩子，竟是個全身癱瘓的人。

是兩年前的一次意外，帶來了她一生的不幸……

那時她剛過了二十歲，結婚才半年，辭去了工廠車衣的工作後，生活快樂得像隻自由的小鳥。不料在一個天雨路滑的晚上，她學車完畢，兩步夾着三步的跑回家時，被一輛迎面而來的汽車撞倒，折斷了頸骨，全身癱瘓。一個本來活潑、快樂、自信的女孩子，生命突然來了一百八十度的轉變。

她在醫院醒過來時，簡直不能相信這種事竟會發生在她身上。她不斷地告訴自己在做夢，可是夢卻一直沒醒過來。

她拚命地哭，她不敢想像將來的日子。難道就要躺着過一輩子？她連提起手來吃飯的能力也沒有，還能作些什麼？她心慌起來，更不敢想她的婚姻會有什麼結果。她感到悲觀、絕望。

她心裏直喊：「我才二十歲，剛是生命燦爛的年華，怎麼就要毀了我 !? 我不甘心！我不甘心！」她咒詛生命，咒詛上天，咒詛一切的人。

起初，她不肯吃東西，別人怎樣哄她，她都不肯聽，這算是她對殘酷的現實一種消極的抗議。

每當她費盡氣力也無法動一根指頭的時候，她就想起以前在衣車上飛躍的雙手，那雙會彈結他，會編織的手；現在連吃飯也不會，又怎不教她悲痛？所以每當別人餵她吃東西的時候，淚就哽在喉頭。

丈夫安慰撫摸她，她卻無法感覺到。她覺得自己的身體就像團死肉，叫她無法忍受。

悶得發慌時就好想起來走走，但那簡直是永遠達不到的奢望。

她感覺幾十年如此的生活，實在是太長，太無聊，太可怖了！

她感到絕望，完全的絕望。

「醫生，怎麼不把我殺了，硬要我受苦！」她激動得哭起來。

醫生向她解釋說他沒有權那樣做，並試圖開解她。

「別傻，生命是最寶貴的。」護士從旁勸慰。

她卻不肯接受，她以為活得殘缺，倒不如不活。她恨透那醫生、那些護士。

雖然母親、兄弟、丈夫幾乎天天都來看她，但她內心卻感到一片孤寂，她覺得她已給世界拋棄了。

過了兩個星期，她被轉送到療養醫院，積極接受物理治療，以助康復。

那裏有不少殘廢的病人，有好些和她的情形一樣的嚴重，她這才發現世界上不幸的人，並不止她一個。

有個十七、八歲的男孩子，跳水時折斷了頸骨，四肢和她一樣癱瘓；又有個三十多歲的女教師，跳樓自殺不遂，折斷頸骨，情況比她還要壞，連頭也不能轉動。漸漸他們成了彼此間的鼓勵，她的內心也不像以前的孤寂了。也許，只有憂傷的人才能與憂傷的人同哭吧。

不久，她已經可以靠着牀背坐起來，這實在增添了不少生活樂趣。她看到的，不止限於白濛濛的天花板，而且是四周的事物了，並且還可以看書。

她的下一個目標，是能拿到擺在牀頭的一杯開水。她不停的強迫自己去學習——只要能拿到那杯開水。

但每天的努力都像是白費了的。她滿額冒出汗水，那隻手還是難移半吋的。她不能不發了許多次的脾氣，咒詛那隻手。

過了好些日子，在多番艱苦的鍛鍊下，她能移動臂彎和幾根指頭了。她心裏一陣喜悅，畢竟努力沒全白費。

在物理治療人員的協助下，她開始用輔助器學習寫字、吃飯。她用了不少毅力，才學會寫自己的名字。看着那又大又奇怪的字體，她禁不住失笑，心裏卻是高興。

在療養期間，情緒已較初期平復了許多，也慢慢學會了接受事實。但最令她難過的事，就是聽到丈夫和另一個女人同居的消息。雖然她一直擔心他們的婚姻會起變化，卻沒想到竟來得那麼快——只有三個月的時間。

可恨那個女人還來醫院看她（未結婚前，她曾是丈夫的前任女友），她簡直受不了，氣上好幾天，不肯吃喝。

她氣過後，也看開了。雖然內心傷痛，還是決定退出，去成全他們。

她已經失去一切，她不敢再為自己編織夢想。

雖然她失去了丈夫，幸好，還有家人給她的愛。

媽對她實在太好，每天一定來照顧她，鼓勵她學習，陪她閒聊。

哥哥和弟弟也十分關心她，下班後常來醫院探望她，逗她開心。每個晚上，當她想起媽對她的笑容，兄弟為她說的笑話，便感激得垂淚。

一次，當媽替她抹身的時候，她忽然傷感起來。

「媽，真沒想過活到我這個年紀，還要您來服侍，而且還要負累您一輩子。」她咽着淚水說。

「別說傻話，做媽媽的當然要做你一輩子的媽媽。有什麼負累不負累的。」媽說着，用毛巾替她揩去眼淚，然後轉過身，擦自己的眼睛。

母親，是惟一肯無條件給予的人。

家，永遠是最溫暖的地方；也只有家的門，是永遠敞開的。

出院後，她回娘家去。

一晃就是兩年，生活倒過得清靜。她的時間，多打發在閱讀、看書、聽收音機，和看電視上。生活倒也沒有想像中的無聊。而且家裏還有個快三歲大的姪兒，十分趣致，平添了不少樂趣。

只要有空，家人就推着她坐輪椅上街逛。哥哥又有自用車，所以也帶她逛過新界不少地方。

她已經學會了生活：她不去懷緬過去了不能再回頭的日子，而在平凡無聊的日子裏，找尋樂趣。

聽完她的故事，我對她的不幸十分同情，但也慶幸她有個美好的家。

「那你該後悔起初對醫生求死的請求吧？」我說。

她垂下眼來，靦覥地淺淺一笑，說：「固然我當時是有點衝動，但是……」她收斂了笑靨，「是不是真的不可能作人道毀滅的呢？」

「絕對不可能。」我肯定的搖着頭。

「在那些先進的國家呢？」她追問。

「嗯，還是一樣不能。」

她認真的態度，叫我有點不安。

「其實，我有時想……要是一輩子負累家人，讓他們終年為我憂心，倒不如乾脆死掉……那也只不過是一時的傷痛罷了！」她語氣沉重，淚水湧現眼簾。

「別傻，家裏的人對你關懷備至，怎麼想到死裏去的。」我職業化地說着安慰的話，心底卻也感到沉重。

她雖然淌着淚，卻沒有哭，嘴唇合攏起來，給人堅強的感覺。痛苦已經把她雕琢得超過她年齡本來的成熟了。

她已不是個懦弱、自憐而不能接受現實的人。她已經學會了生活，然而心裏仍有種懸空的感覺，她在目前的生活裏找不出意義來。

我內心催迫着我說些真正鼓勵她的話。

「你雖然不幸失去了肌肉活動的能力，卻仍保留了人類較高的感覺官能：你能聽、能看、能説話、能思想，這些都是人最寶貴的東西。」她的眸子直盯着我，像有點詫異我和她説起這樣的話來。

我説了幾個殘而不廢的偉人的故事後，突然止住了！心裏想：「我們都是很平凡的人，或許説些普通的話會來得更實際。」

沉默了半晌，我説：

「也許有時我們感到活得沒有意義，是因為可以做的事還沒有做，還可以發揮的才能卻沒讓它發揮出來，把它糟蹋了。」

她閃爍的眸子，像領悟了什麼似的。

過了幾天，她患的尿道炎治癒了。離院時，她坐在輪椅上，弟弟推着她走出病房。望着她的背影離去，我心裏祈盼她找到生命的力量，支持她有意義地活她的一生。

我震懾於他對生命肯定的態度。

生的啟示

「有病人介紹給你，」電話傳來老何的聲音。「姓王的，剛從英國回來，還沒有找到合適的醫生，可否請你看看他？」

「沒問題。你可知道他患了什麼病嗎？」

「腸癌。」

「哦！」

▼ ▼ ▼

我的病人傑是個二十來歲的青年，架着副黑框眼鏡，身材瘦削，帶點書卷氣。

「何先生説你回港沒多久，是嗎？」我問。

「嗯。」他把英國醫生給他的一封信遞給我。

信上的意思大致如下：

「病者患大腸癌，九個月前做了割除手術，暫時還未發覺有復發迹象。他本人已經知道病況，起初顯得緊張不安，現在頗能接受現實。」

我抬頭看了他一眼。一雙深沉的眸子，眉宇間有種不屈的氣質。

既然他已經知道身患絕症，談起來也比較方便和深入。

他本來是到英國念藥劑的，不料在最後一年裏，突然發現了大腸癌，在醫院治理了好幾個月。外科醫生除了把毒瘤割掉外，還替他做了結腸造口（colostomy）。（這手術是把割剩的大腸的末端，連於腹部開一個小洞，讓糞便從小洞排出。）

他解開衣鈕給我看懸在腰間盛載排泄物的膠袋，我方才明白他為什麼穿上那樣寬闊的襯衫。

他說起初覺得怪不舒服，後來倒算是習慣了。

他仰臥在牀上，我邊按他的腹部，邊問：

「近來身體有什麼地方感到不適嗎？」

「肚子不時有點疼痛，已經好幾個月了。不過回港前，經醫生檢查，並沒有復發的迹象。」

「吃過止痛藥嗎？」

「怎會沒有呢！」他苦笑了，「鎮靜劑和止痛藥是這年來必備的隨身物品。」

他是念藥劑的，怎會不明白長期服用這些藥物的不良後果呢？但對於他來說，服用這些藥品又怎算得過分？

他坐起來，整理着衣服，說：

「不過，doloxene（一種頗強的止痛藥）也漸漸沒有什麼效用了。」

然後，他從褲袋裏拿出一瓶鎮靜劑。

「常常服用的嗎？」我問。

「現在也不常服了，每星期也吞不到十粒。」

「那該沒有什麼問題的。」我安慰他。

檢查過後，他坐回椅子上，我放下筆，身子斜靠椅背，說：

「有沒有念完藥劑才回來？」

他無奈的點點頭，歎了口氣，說：

「補讀那半年，真不好受。」

我當然也能體會箇中心情。一個自知患了絕症的病人，還能堅忍地完成學業，實在不容易。

「我十分佩服你的毅力與勇氣。」我由衷的說。

「別那麼說，」他頓了頓：「不過覺得幾年的心血，放棄了總有點捨不得……況且，那時不繼續讀書我也不知道該做些什麼。」他把嘴唇合攏起來，往外拉成了一條直線，算是個沒奈何的笑靨。

然而我看到了笑靨背後藏着的掙扎。

「我相信你的身體現在沒有多大問題，不過仍需要外科醫生給你作定期檢查呢。」

我安排他到外科專科診所去接受治療。

▼　▼　▼

從老何處了解傑多一點點。

他是家中獨子，於數年前隻身赴英讀書，父母都很捨不得他。他十分孝順，每月定有歸鴻。後來自知身患絕症，卻不敢告訴兩老，免他們掛心。但那種遊子孤苦之情，實不足為外人道。

老何剛好和他同住一間宿舍，他病倒時曾給他不少安慰和鼓勵。當時他頹喪得直想尋死，因為死亡的陰影日夜相隨，叫他無法忍受。他日間服鎮靜劑，夜間服安眠藥來壓抑不穩定的情緒。那段日子，是死蔭幽谷裏的生活。

割除手術重燃起他對生命的希望。手術後，在醫院療養期間，他的生命經歷了一個轉捩點：在老何的幫助下，他認識了生命的主宰。

老何對他說：

「找到那掌管生命的，生命才會有把握。」這樣的話，老何也不知說過多少遍，但終於在那個晚上，傑低下頭來和老何一起禱告。

出院後，他對前途一片惘然；病魔對他是隨時的威脅，他不知道自己的日子還有多久。他心裏十分焦急回港，但又覺得如此在英幾年的苦讀豈不白費？結果還是留下來繼續完成那半年的學業。

老何說起初他簡直無法專心讀書，精神上的壓力迫得他透不過氣。老何離開英國前，給他一句忠告：「我們的神並非虛無飄渺，祂就在我們中間，給我們力量，作我們隨時的幫助。」

傑終於完成了學業回來。

▼ ▼ ▼

雖然傑在外科專科接受治療，他還常常找我幫助他減少服用止痛藥。他以前在醫院時，曾服用大量的止痛藥，而那些藥物，並非普通的止痛餅之類，久服了便對它產生倚賴。

他説他服止痛藥，是因為他常有腹痛。但經過詳細檢查後，我發現他並沒有理由常常有這種腹痛的，所以懷疑可能是心理因素造成。要是別的病人，也許我可以給他們placebo（代用藥物），然而他是念藥劑的，倒不容易瞞過他。我只好詳細的給他分析，並給他一些輔助藥物，幫助他漸漸減少服食止痛藥。

自回港後，他得到父母朋友的關懷，心情開朗了不少。他們都勸他好好的留在家休養，他卻覺得身體又不是殘廢，閒着可悶得發慌，他忍受不了無意義的無聊。

他終於找到一份配藥的工作，薪金並不十分理想，他卻很滿足。他需要的是工作給予他的意義感，起碼，工作證明他還是個有用的人；金錢對於他並非那樣重要了，他的將來可能毋須謀算。

▼ ▼ ▼

好幾個月沒見過傑。他已經戒服止痛藥，鎮靜劑他還間有服食，這對身體倒沒有問題。

今天他來了個電話，說想找我談談。

他剛坐下來，便說：

「我明天要進醫院檢查身體。」

「哦！有什麼問題嗎？」

他告訴我近來腹部有點異樣，外科醫生懷疑癌症復發，想替他詳細檢查。

「別擔心，不一定是復發的。」我安慰他。

「我只想知道，若真的復發，機會怎樣？……可還有多少日子？」他顯得有點不安。

「沒有人能肯定，要看個別情況。」我溫和的說。

「我雖然未能對死亡泰然，但也不會過分緊張的，你放心告訴我吧。」他搓着掌心。

「傑，不是我不想告訴你，不過我相信診治你的外科醫生，要比我知道得更清楚。我相信他們檢查後，定必會告訴你。」

他無可奈何地聳聳肩。

其實我知道，要是復發的話，情形就不樂觀了。不過在病況未明確前，我不想他過分擔心，況且我又不是他的主診醫生，更不應隨便說話。我正想找話鼓勵他的時候，他說：

「好奇怪，現在的心情，和去年在英國正準備進院的時候，竟有天淵之別。」

「有什麼分別？」我好想了解他。

「記得那時我內心極度恐慌，懼怕得要死；現在雖然心裏不無掙扎，卻只想着要怎樣珍惜僅餘的日子。」他托了一下眼鏡，繼續說：

「這些日子，我設法忘記自己是個病人，不斷的提醒自己，要把握現有的每一刻，幹有意義的事。」

我忽地想起黑澤明戲裏患了胃癌的老人。他本來是個腐敗的官吏，當他自知患了絕症後，便替坊民築了所遊樂場。臨終前，他在遊樂場裏盪鞦韆哼着幽怨的小曲，臉上卻帶着滿足。

我發現傑消瘦了，倒不知是因為癌細胞侵蝕他，還是因他忙碌工作所致。

「傑，其實你是不應該過勞的。」

他歎了口氣，「我倒沒有，不過我真的只能在有意義的工作裏才能找到精神上的滿足。」他嚥了一下口水，「自去年認識神後，才開始了解生命，我常覺得人生很短促，想做的事，就得趕快去幹。我學會了抓住現有的，好活得更充實。」

我震懾於他對生命肯定的態度。

他繼續説：

「從神那裏，我得到了生活的力量。」

這句話，我也不知聽別人説過多少遍，但從他的口説出來，卻是那般真實。

不錯，他確實付出了最大的勇氣，去面對生活。在困苦中他完成了學業，忍受疾病的煎熬，決心戒掉了藥物；他積極地生活、工作，幹他喜歡幹的事，完成自己的夢想……

我忽然有股衝動想和他一起禱告。他卻正好站了起來，與我道別。

我呆望着那修長的背影離去。

從他身上，我得到了生的啟示。

初版十一刷後記

寫《醫生札記》已是十多年前的事，那時出道做醫生沒多久，人生的閱歷尚淺，只抱着赤子之誠，把一些對生命的領會，以不同人物的際遇表達出來。文章在雜誌刊登後，不時都收到讀者的來信（甚至有從遠方如荷蘭寫來的），與我分享他們對生命的體驗。讀者熱情的反應，實在給了我很大的鼓舞。

或許讀者喜歡的是書裏面的人物，因為他們的遭遇，都容易使人動情。老實説，在我多次把書重閱的時候，竟還是屢有所感，是有感於那一點點真摯的情懷。

每個人的一生不過是幾十年光景，經歷際遇都很局限，如果要多方面領略人生，便得從周遭的人那裏去學習。其實每天與我們擦肩而過的人，都有他們不同的故事和經歷。我認為能了解別人的人，必更能了解生命。

小時候認識真理很簡單，不是「黑」就是「白」，後來才明白到「灰」色的道理。看事物也多從幾個角度去看，試圖能看得更真實、全面。

有人説我寫的東西多少帶點秋葉黃昏、夜靜幽暗的感覺，我想如果還寫作的話，或許會夾雜多一點的春意晨曦，曙光朝陽，好使生命顯得多些姿采；或者，生命本該就是這樣的。

梓翔
一九九〇年十月

延伸閱讀

弦動人生

作者：梓翔

梓翔醫生於三十年前出版的《醫生札記》一紙風行。三十年來，梓翔以仁心妙手在杏林事奉，年前脱下醫生袍後，正要翻開人生另一頁，卻赫然發現上帝給他一張新的生命合約……

最後的房子

作者：陳嘉薰

資深病理科醫生陳嘉薰，多年來在殮房接觸活人死人。他道破謬誤，拆解禁忌，以真人真事，並以專業角度介紹屍體處理、解剖和死因分析。他發現，殮房並不比外面的世界陰鬱，反而在冰冷中隱藏感性，每天發生不少溫情故事。

九塊厝診療所

作者：陳俊賢

九塊厝，位處台灣偏遠地帶，全村約一千人，主要從事種田和打魚。這裏有一所日治時代留下來的小診所，診所內只有四個工作人員。這一年，來了一位遭北部大醫院開除的醫師。

我將你的頭殼打開了

作者：陳俊賢

手術室內，除了病人飽受折騰的無助、親屬鍥而不捨的守望，還有醫者對病人的關懷、爭分奪秒的救治，以及面對疾病的無能為力。本書作者為腦神經外科醫生，每天接觸主宰生命的大腦和神經，牽一髮動全身，在生死邊緣看見人生悲喜掙扎，有血有肉，體悟至深。

心理與栽培系列最新書目

生命禮讚

書名	作者
毛蟲・蝴蝶・女牧師	徐玉琼
把火種撒在地上 —— 話說蘇恩佩	文蘭芳、何盛華、李淑潔合編
弦動人生 —— 遨遊南美生死間	梓翔
活在地上 —— 如同活在天上	羅乃萱
最美的時光別錯過	周有
愛是這樣解毒	基督教正生書院同學
冰封奇俠受難曲	許道宏
死亡，別狂傲（復刻本）	蘇恩佩
地久天長 —— 愛滋路上的母子情	李慧珍
海闊天空 —— 一位血友病者的生命札記	子鶩

心靈地圖

書名	作者
相愛不傷愛 —— 感情與理智的拿捏之道	羅乃萱
我本不曉得禱告 —— 學習祈禱之旅	蔡元雲
一字・心澄	羅乃萱
真朋十句 —— 言有盡心卻真	羅乃萱
300秒的生命故事	徐玉琼
愛是一種勇氣	羅乃萱
我看見神的作為 —— 蔡元雲醫生的13680個日與夜	蔡元雲
等待，是一場操練	羅乃萱
從心相信愛	羅乃萱
陪孩子跑一場障礙賽	關子凱
完美婚姻55式	黃鴻麟
爸爸回家上班去	賴百樂
媽媽不想錯下去	列小慧